사일런트 스카이

사일런트 스카이
Silent Sky

로렌 군더슨
Lauren Gunderson

신혜빈 옮김
김민정 윤색
김유 그림

〈사일런트 스카이〉는 국립극단 제작으로
2024년 11월 29일~12월 28일 명동예술극장에서 국내 초연되었다.

초연 창작진 및 출연배우는 다음과 같다.

작	로렌 군더슨
번역	신혜빈
윤색	김민정

연출	김민정
무대	김종석
조명	최보윤
의상	유미양
영상	이수경
분장	김소희
소품	김혜지
음악	박현민
음향	신동원

캐스트

헨리에타 레빗	안은진
애니 캐넌	조승연
윌러미나 플레밍	박지아
피터 쇼	정환
마거릿 레빗	홍서영

차례

연출의 말

2024년 12월 28일, 명동예술극장에서 마지막 무대를 올린 로렌 군더슨의 〈사일런트 스카이〉는 지금 돌아봐도 여전히 힘과 위로를 주는 작품입니다. 현재까지도 유효한 예외를 파고드는 열망, 평등과 공정에 대한 의지가 담겨 있기 때문입니다.

천문학자 헨리에타 레빗과 윌러미나 플레밍, 애니 캐넌의 목소리를 따라가며 많은 것을 배웠습니다. 여성에게 참정권조차 없던 시절, 한계 같기만 했던 하늘 너머, 끝까지 진리를 좇아, 스스로 목소리를 잃지 않고 서로를 지지하며 나아갔던 그들에게 존경을 보냅니다.

신혜빈 번역가와 함께 원작의 의미와 위트, 천문학 용어의 명확한 전달을 위해 신중하게 문장을 세공했습니다. 심채경 천문학자의 감수를 거쳐 연극의 대사들이 실제 과학자들의 어법에 적합한지도 검토했습니다.

국립극단과 공연을 준비하면서 원작자의 동의를 구해

연출의 해석에 따라 추가된 장면들이 있습니다.

1막 2장의 마지막, 우리가 '그녀들의 밤'이라는 애칭으로 부르는 장면입니다. 원작에서는 마거릿이 혼자 찬송가를 부르지만, 공연에서는 마거릿이 스스로 찾은 소명에 따라 작곡을 시작하고, 헨리에타는 천문대에서 세페이드 변광성 연구에 매진합니다. 애니는 거리에서 짓밟힌 서프러제트의 띠를 가슴에 품고, 윌러미나는 집안일을 하면서 별을 관찰하고 기록합니다. 고요하지만 치열한 '그녀들의 밤'을 보여주고 싶었습니다.

원작의 2막 1장은 여객선의 상상에서 바로 하버드 천문대로 이어지지만, 공연에서는 윌러미나가 헨리에타의 연구논문을 읽는 장면을 추가했습니다. 실제 이 논문은 1912년 〈하버드 천문대 회보Harvard College Observatory Circular〉에 실렸고(천문대장이었던 에드워드 피커링과 공동 저작으로 발표되었으나, 논문 첫 줄에 헨리에타 레빗의 연구 결과임을 명시하고 있습니다), 이 역사적인 논문의 내용을 관객에게 들려주는 것이 의미 있다고 생각했습니다.

 〈사일런트 스카이〉는 하늘의 별처럼 수없이 많은 문장

을 통해 낭만과 웃음, 위로와 용기를 주는 작품입니다. 희곡을 읽으면서 처음 느꼈던 감각과 인물의 개성이 무대 위에서 잘 구현될 수 있도록 헌신적인 동료들이 굳게 손을 잡아주었습니다. 하버드 천문대의 여성 컴퓨터[*]들이 빛을 파고들었던 것처럼, 우리는 〈사일런트 스카이〉를 끝까지 따라갔습니다. 이 공연이 희곡집으로 확장될 수 있도록 길을 만들어준 알마출판사 안지미 대표께 깊이 감사드립니다. 독자 여러분께도 우리의 모든 순간이 이어져 닿기를 소망합니다.

완전한 고요 속에서 문득 하늘의 별들을 바라본다면, 네, 그게 전부입니다.

2025년 가을
김민정

---

[*] 19세기 후반, 하버드 천문대에는 여성 천문학자들을 '과학자'가 아닌 '컴퓨터'로 불렀다.

등장인물

헨리에타 레빗　30대, 냉석한, 꼼꼼한, 열정적, 보청기를 거의 늘 착용한다.

마거릿 레빗　30대, 가정적, 창의적, 다정한, 헨리에타의 여동생.

피터 쇼　30대, 천문대장의 제자… 그리고 남자.

애니 캐넌　40대, 리더, 간결한, 확신에 찬, 후에 여성 참정권 운동가가 된다.

윌러미나 플레밍　50대, 명석한, 유쾌한, 스코틀랜드 출신.

배경

1900년대부터 1920년대까지.

별무리.

하버드 천문대 2층 사무실들.

레빗 가족의 집, 위스콘신주.

대서양의 대형 여객선.

헨리에타의 집, 매사추세츠주 케임브리지.

제안

무대 간단한, 사실적, 가변적. 예를 들면 방 전체가 아닌 시대풍 책상 하나. 빠른 전환이 핵심.

별들 북반구에서 보이는 별무리가 거의 항상 있다. 조명이 사라져도 별들이 빛나며 무대를 감싸 안는다.

사진 건판 별무리를 찍은 유리창 크기의 흑백 유리판. 밤하늘의 네거티브 사진. 별은 검은색, 하늘은 흰색으로 보인다. 참고. http://tdc-www.harvard.edu/plates/gallery/

음악 마거릿의 피아노 작곡과 연주는 라이브로(그렇게 보이게) 진행되고, 별들이 무대를 덮을 때 공간을 완전히 에워싸며 소리가 증폭된다.

소품 목록

보청기, 상자에 담긴 사진 건판, 별 파리채, 공책과 연필, 편지, 장갑(남성용과 여성용), 남성용 모자, 피아노, 서프러제트 어깨띠와 팜플렛, 짐 가방, 월트 휘트먼의 시집

효과음

별들이 등장할 때 나오는 단음들
아득히 들려오는 낭만적인 음악
초인종(1900년대 초반)

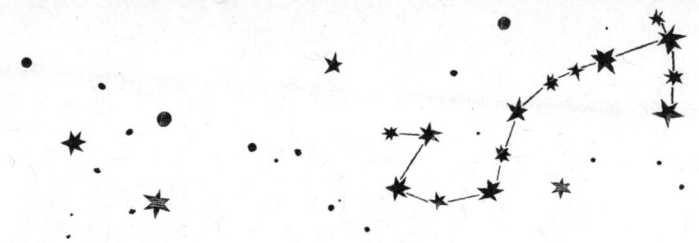

삶이 힘겨울 때,
우리가 사는 행성 밖, 저 멀리 멋진 무언가를 바라보며
위안받는 것은 좋은 일이다.

—

애니 점프 캐넌

1막

1장

위스콘신주.

헨리에타와 마거릿의 아버지가 사역하는 시골 교회의 바깥. 늦은 저녁 하늘. 1900년쯤.

태양이 헨리에타의 머리 위로 붉게 지고 있다. 그녀는 지적으로 비범하고, 호기심 많고, 활기차며, 자신이 처한 현실인 전통주의를 뛰어넘는다. 단정하고 따뜻한 옷차림새. 그녀가 머리 위 하늘을 가리킨다.

헨리에타   천국이 하늘 위에 있네, 사람들은 말하죠. '진주구름과 진주문', 이렇게도 말하고요. 전 이렇게 말합니다. 천문학을 잘 모르시는군요. (태양이 지고 밤이 되어 어두워진다) 빛의 과학이 저 높은 곳에 있습니다. 아득히 먼 곳, 외로이, 우주의 가장 깊은 어둠에 묻힌 모든 것 중에. 어둠 속엔 수십, 수백억의… (첫 번째 별이 모습을 드러낸다. 동시에 피아노 음 하나가 들린다) 예외들. (뒤이어 다른 별들이 나타나고 다른 음이 들린다) 그리고 난 그 예외를 파고드는 사람입니다. (밤하늘이 갑자기

환한 대낮처럼 밝아지고, 마거릿이 헨리에타에게 몰래 다가가 언니를 꼬집는다) **아—뭐 하는 거야?**

마거릿   곧 예배 시간이야. 알면서도 모르는 척하다가 잡혔네.

헨리에타   잡힌 게 아니라, 공격당한 거지.

마거릿   사랑으로.

헨리에타   사랑 한번 엄청 따끔하네.

마거릿   보청기 안 끼고 있으니까 당하는 거지. 교회로, 지금.

헨리에타   지금 당장은 못 가.

마거릿   아니, 가. 다들기다린단말이야추워죽겠으니까들어와.

헨리에타   마지, 지금은 가만히 앉아 있을 수가 없어.

마거릿   그냥 가만히 앉아 있으면 되는 게 교회야. 뭐 때문에 그러는지 말해주든가 아니면 들어가든가.

18

헨리에타	이번 주 내내 말하려고 했는데 네가 여기저기 왈왈 짖어대길래 말도 못 꺼냈어.
마거릿	(짖는 것처럼) **안 짖었거든.** 난 집안을 돌보고, 아빠는 교회를 돌보고, **언닌**—언닌 대체 하는 게 뭐야? 밤새 깨어 있기? 추운 데서. 나방처럼?
헨리에타	아침부터 왜 그러지? 안절부절못하고.
마거릿	아주 차분하거든.
헨리에타	나도 나방 아니거든.
마거릿	우린 왜 아직도 여기 이렇게 있는 걸까요?!
헨리에타	**왜냐하면,** 하버드에서 나한테 일자리를 제안했거든. 천문대. 진짜 천문학을 하는 데라고.
마거릿	언니가 언제부터 일자리를 구했다고.
헨리에타	오늘부터. 마지, 이건 진짜 엄청난 기회야. 하버드에서 수학자들을 모집하는데, 특별히 나한테—
마거릿	하버드가 **언니**한테?
헨리에타	그래, 놀란 티 팍팍 더 내도 돼.
마거릿	놀랐어—진짜로.

헨리에타	그래서…떠날 거야. 난 그 제안을 수락할 거 고, 떠날 거야. (사이)
마거릿	늘 떠나려고 했었지.
헨리에타	다음 주.
마거릿	다음 주…? 잠깐만, 우리 이거, 가족끼리 논의 해봐야 해.
헨리에타	마지, 이건 내 인생 최고의 기회야, 지금 코앞 에 있다고.
마거릿	그 코가 지금 떨어질 것 같네. 아 추워. (뒤돌 아서 간다)
헨리에타	나랑 얘기 좀 해—
마거릿	그래—우리가 정답게 같이 늙어가는 자매는 절대 될 수 없을 거라고 생각했어. 언니가 날 돌아버리게 할 때면 그게 최선일 거 같았고— 하지만 이건 좀 지나치잖아.
헨리에타	나랑 같이 가자. (짧은 사이)
마거릿	언니, 제발.
헨리에타	우리 둘이 같이, 응?
마거릿	무슨 말을 하는 거야? 말도 안 돼.

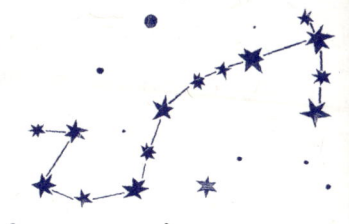

헨리에타	아예 안 되진 않아! 날 이해하는 사람은 너뿐이고, 넌 항상 모험할 준비가 돼 있잖아. 너랑 **같이** 늙어가면서 떽떽거리고 싶다고.
마거릿	떽떽거린다는 말은 안 했거든.
헨리에타	나랑 가서 열정을 불살라보자.
마거릿	뭐래?
헨리에타	드넓은 세상의 끝자락에서!
마거릿	보스턴이야.
헨리에타	배움의 열정을 활활!
마거릿	**활활?**
헨리에타	활활! 래드클리프 칼리지도 근처에 있고, 거긴 음대가 있어. 너, 솔깃하지?
마거릿	언니, 진정해.
헨리에타	여기 있을 필요 없다니까. 너도 행복해질 수 있어. 자유롭게 벗어버리고—
마거릿	**자유롭게** 벗어버리고? 아니, 잠깐. 바지는 입을 생각하지 마.
헨리에타	마지.
마거릿	**그래,** 요즘 어떤 여자들이 바지 입고 다니는 거

봤는데 가관이더라. 이제 예배 시간이야. 반주
하러 가야 돼. 십 분 전에 벌써 시작했어.

고마워, 언니, 덕분에 손가락이 다 굳었네.

헨리에타   **아빠한테 내 지참금 달라고 설득해줘.** (이 말
에 마지, 걸음을 멈춘다) 나 진지해, 정말로.
아빠한테 얘기 좀 해줘. 부탁할게.

마거릿   **왜 소리 지르는 일은 나야?**

헨리에타   네가 제일 잘하잖아.

마거릿   이건 언니 미래야, 언니가 말한 대로라면 결
혼, 절대 안 할 거고, 사랑, 절대 빠질 일 없
지—남들 다 하는. 앞뒤 안 맞고, 충동적인 감
정, 언닌, 그럴 일 없다? 한마디로 '독신녀'.

헨리에타   내 인생을 시작해야 해… 아버지 돈으로.

마거릿   다음엔 위스키, 바지, 여성 참정권 운동가
그—서프러제트⁺가 되고.

헨리에타   그래볼까?

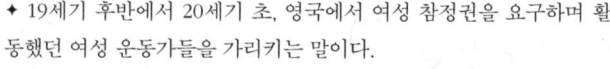

⁺ 19세기 후반에서 20세기 초, 영국에서 여성 참정권을 요구하며 활
동했던 여성 운동가들을 가리키는 말이다.

마거릿　　무슨 뜻인지 알잖아.

헨리에타　난 천문학 얘길 하는데, 넌 계속 이상한 바지
　　　　　　얘기만 하잖아.

마거릿　　**그 바지에서 시작되니까.** 세상이 변하고 있어.
　　　　　　그래도 지켜내야 하는 게 있다고. 언니보고
　　　　　　가지 말라고 하는 게 아니야. 걱정돼서 그래.
　　　　　　거긴 멀리 있고, 사람도 많고, 언니가 여기 내
　　　　　　눈앞에 있는데도 걱정된단 말이야.

헨리에타　그냥 수학 계산하러 가는 거야. 걱정 안 해도
　　　　　　돼.

마거릿　　여기서 우리랑 같이 살면서…교사 같은 거 하
　　　　　　면?

헨리에타　싫어.

마거릿　　비슷한 기질의 다른 여자들처럼, 응?

헨리에타　**나는 내 기질이 마음에 들어,** 그치만 그걸 학교
　　　　　　라는 울타리 안에 가두고 싶지 않아. 내겐 질
　　　　　　문이 있어. 인류가 쌓아온 지식에 대한 근본
　　　　　　적인 의문. 우리는 누구이고, 왜 존재하며—어
　　　　　　디에 있는가?!

마거릿	위스콘신.
헨리에타	우주에서!
마거릿	그래, 위스콘신!
헨리에타	**마지,** 이건 단순한 호기심이 아니야, 난 완벽하게 준비됐어. 그리고 이미 알겠지만 떠날 때까지 점점 더 널 짜증 나게 할걸. 알잖아─알잖아. (마지도 잘 안다. 사이)
마거릿	언젠가는 언니 같은 사람을 부르는 단어가 생길 거야. 또─나 같은 사람, 아빠 같은 사람을 위한 단어도. 아빠 아마 한참 코웃음을 치고서 허락하겠지─성경 가져가.
헨리에타	하버드에 성경이 없겠어.
마거릿	내 말 무슨 뜻인지 알잖아. 우린 같은 곳을 봐도 (위를 가리키며) 전혀 다르게 해석하니까.
헨리에타	사랑해, 마지. 와, 하나님도 추우시겠다.
마거릿	그래서 우리가 안에 모시고 있지.
헨리에타	마지, 같이 가자.
마거릿	**난 못 가.**
헨리에타	왜?

마거릿	왜냐면 아빠 나한테 의지하시니까, 언니가 가면 난 못 가니까, 또 안 가고 싶으니까, 사무엘이 청혼했어. (잠시)
헨리에타	응?
마거릿	청혼했다고.
헨리에타	누구라고?
마거릿	언니.
헨리에타	그러니까, 언제?
마거릿	오늘 아침에. 고맙네, 일찍 알아봐 줘서.
헨리에타	아, 그래서 안절부절못했구나.
마거릿	그럼. 다른 사람의 삶도 앞으로 나아가는 중이라고.
헨리에타	그래서 사무엘은…?
마거릿	예배에 집중하는 척하면서 끝나기만을 기다리겠지. 대답할 거야.
헨리에타	네 대답은 뭔데?
마거릿	해야지, 당연히.
헨리에타	사무엘이랑?
마거릿	언니한테 먼저 말하고 싶었어.

헨리에타	지금 날 떠나서 사무엘한테 가겠다고?
마거릿	방금 날 떠나겠다고 한 사람이 누군데!
헨리에타	사무엘은 아닌데…?
마거릿	엄청 착해, 또… (짧은 사이)
헨리에타	그래, 착해, 또.
마거릿	착해. 그리고 난 행복해.
헨리에타	그렇다면…나도 그래. (둘은 포옹한다—"마지, 결혼이라니! 와!") 나랑 가자.
마거릿	꼭…돌아오는 거다. (헨리의 손을 꼭 잡아주고는 뛰어 들어간다)
헨리에타	그렇게 된 거예요. 나는 떠납니다. (채비를 갖추는 동안… 하버드 천문대가 헨리에타 주변에 자리를 잡고… 마거릿이 찬송가 〈아름다운 하늘과〉를 부른다)
마거릿	아름다운 하늘과 묘한 세상 주시고 많은 사랑 베풀어 우리 길러 주시니 우리 주님 예수께

감사 찬송합니다.

(마거릿, 서서히 사라지고 장면 전환)

2장

헨리에타가 하버드 천문대의 빈방에 서 있다. 다락처럼, 나무로 된 작은 방. 책상, 파일 서랍, 상자가 가득하다.

피터—꾸미지 않아도 잘 생겼고, 다소 허둥대는—가 힘차게 들어온다. 귀에는 연필을 꽂고, 각종 차트와 서류를 들고 있다.

헨리에타   실례합니다, 여기가 천문대 사무실인가요?

피터   아—네—열 시에 오기로 한 분이군요. 미스 레빗. 미스 레빗 맞죠?

헨리에타   맞아요. 헨리에타 레빗입니다. 저 너무 긴장되네요.

피터   좋아요. 빨리 진행하죠. 그렇게 복잡한 것도 없으니까.

헨리에타   만나서 기쁘다는 말씀부터 드리고 싶어요, 피커링 대장님✦.

피터   아니요.

헨리에타   아니라고요?

피터   **제가** 아니라고요.

헨리에타   피커링 대장님이 아니라고요?

피터   맞아요.

헨리에타   피커링 대장님이 **맞다고요?**

피터   정말 미안해요. 전 피터 쇼라고 합니다. 피커
         링 대장님 밑에서 일하고 있어요.

헨리에타   아, 그러시군요. 만나서 반갑습니다. 동료였군
         요. (피터, 코웃음을 친다)

피터   사실 당신은 **내 밑에서** 일하는 겁니다. 내가
         대장님 밑에서 일하는 거고요.

헨리에타   그래도 여전히 동료인 거 같은데요.

피터   전문적으로 따지고 들자면 그렇지만,

헨리에타   여긴 전문적으로 따지는 곳 아닌가요, 하버드
         잖아요.

피터   그러니까, 내 말은―전 피커링 대장님의 제자
         이자 천문학 연구원으로, 수학과 물리학을 **둘**

✦ Edward Charles Pickering(1846~1919). 미국의 천문학자. 피커링은
헨리에타 레빗, 애니 점프 캐넌 등 여성 천문학자들을 후원했다. 당시
과학계에서 '피커링의 하렘'이라고 불린 여성 과학자들은 하버드 천
문대에서 많은 중요한 과학적 발견을 했다.

다 최우등으로 졸업했거든요—당연한 거지만요.

헨리에타 여기서 까무러치면 되는 거죠?

피터 네?

헨리에타 아, 전문 용어예요, 자, 미스터 쇼. 제가 꽤 먼 길을 왔는데, 빨리 시작하고 싶어서 몸이 근질근질하네요. (피터가 그냥 빤히 보고만 있자) 뭘 할까요?

피터 네?

헨리에타 시작하자고요. 아니면 망원경이 어디 있는지만 알려주면 제가 알아서 할게요.

피터 망원경이요?

헨리에타 (창밖을 보며) 저쪽에 있나요? 하버드 굴절망원경.

피터 네, 근데—

헨리에타 세계에서 가장 큰 망원경 중 하나죠.

피터 맞아요, 우리의 큰 자랑이죠. 그런데, **여기**가 여자들이… 작업하는 곳이에요. 여기 이

안.

헨리에타   짧게 설명 좀 부탁드려요.

피터   우린 망원경으로 촬영한 사진 건판을—최신 기술이죠—여자들 부서에 갖다줘요.

헨리에타   네, 그렇군요. 질문, 왜 전부 여자죠?

피터   아, 좋은 질문이에요. 피커링 대장님이 자기 밑에서 일하던 남자들한테 완전히 질려버렸 거든요. 뭐라고 했냐면—진짜 이렇게 말했어 요—우리 집 가정부가 더 잘하겠다, 그리고 가정부를 고용했죠. 실제로 더 잘했고. 그래서 여긴 이제… 완전히 여자들… 세상이죠.

헨리에타   제가 기대한 일반적인 세상은 아니네요.

피터   아, 제가 현장 점검하러 올 겁니다.

헨리에타   현장 점검이요?

피터   한번씩 살펴보는 거죠.

헨리에타   뭐 하려요?

피터   (코웃음 섞인 웃음소리) 평가죠, 당연히.

헨리에타   미스터 쇼, 저도 최우등으로 졸업했어요. 래드

클리프[✦], 치마 입은 하버드에서요. 다행히 우주는 우리가 뭘 입고 있는지 딱히 관심이 없잖아요, 그러니까 나의 전문 지식과 당신의 전문 지식이 상호 보완할 수도 있겠죠. 점점 불쾌해져가는 이 첫인상을 극복할 수 있다면요. (보청기를 가리키며) 아니면 보청기를 잠깐 뺄 테니까, 계속… 설명하셔도 되고요.

피터　　뭐, 하렘에 잘 어울릴 것 같네요.

헨리에타　**네?**

피터　　아뇨—아뇨아뇨—그냥 그렇게 부르거든요—장난으로—'오스만제국, 술탄, 외부인 출입금지, 금남의 공간, 피커링의 하렘', 칭찬입니다.

헨리에타　칭찬인가요?

피터　　최고만을 뽑는다, 그런 의미예요—'피커링의

✦ Radcliffe College. 하버드 대학교 내 여자 대학으로 하버드 대학교는 당시 남학생만 입학할 수 있었고 여학생의 입학은 1977년 허용되었다.

최선' '피커링의 선택' '피커링의 하렘'—귀
에 걸면 귀걸이, 코에 끼면 코걸이, 손에 끼면
(헨리에타의 손을 재빨리 확인하며) 없네요,
반지. (사이. 어색한)

헨리에타 열 시에 피커링 대장님과 만나기로 했는데요.

피터 네, 그렇죠. 대장님이 저를 통해서 따뜻한 환
영 인사를 전하셨어요.

지금 잡혀 계시거든요. 더 중요한 일—아니,
'중요한' 게 아니라, **급한** 일로요. 더 급한 일.
제가 안내해 드릴게요.

헨리에타 다시 올게요.

피터 안 그러셔도 돼요.

헨리에타 직접 얘기하고 싶어서요.

피터 미스 레빗—

헨리에타 불편하게 만들고 싶진 않았는데—어쩔 수 없
네요—난 **드디어** 이곳에 온 거예요. 오랫동안
어디에도 속해 있지 않다가 드디어. 이젠 진
짜 시작하나 했다고요—그런데 지금까지 내
가 들은 말은 내가 '선택'을 기다리는 '수학

하렘'의 일원이라는 것뿐이네요―이건 절대 옳지 않습니다.

피터 　　정말 미안해요. 대장님은 미스 레빗이 와서 아주 기뻐하고 계세요. 첫날부터 나 때문에 당신이 가버리면 내 일이 굉장히 많아질 것 같네요. 있어주세요. 그럼 정말 감사하겠습니다. (사이)

헨리에타 　이 일이 재밌진 않으신가 보네요.

피터 　　뭐, **일**이니까요.

헨리에타 　그러니까… **열정**의 대상이 아닌 거죠?

피터 　　물리학엔 조금 과한데요.

헨리에타 　그런가요? 난 생각만 해도 설레는데―짜릿한 흥분. 그런데 당신한텐 그저 **일**일 뿐이군요.

피터 　　이 일을 좋아해요, 당연히 좋아하죠. 흥미롭고 논리적이고 타당하고 여기까지 오는 데 아버지가 힘을 많이 쓰기도 했고―근데이게무슨 상관이죠 '열정'이랑?

헨리에타 　어떤 사람들과 다르게, 호기심을 따르는 것조

차 저에게는 허락되지 않았어요―끝까지 밀
어붙여야 했죠―여기엔 지치지 않는 갈망이
필요하고요. 이성으로는 설명할 수 없어요. 이
런 걸 열정이라고 합니다. 한번 가져보세요.
(짧은 사이)

피터　　（불쑥) 전, 노래합니다―오페레타 배우가 꿈
이었죠―아버지는 싫어하셨지만―그래도 여
전히 노래해요. 가끔―열의를 담아서. 이런 것
도 그 '열정'에 포함되나요?

헨리에타　전문적으로 따지면요. (약간은 멋쩍어하며,
피터가 유리 건판을 하나 집어 든다. 다시 설
명으로 돌아와)

피터　　자, 여기요. 앞으로 이런 건판을 분석하게 될
거예요. 천국의 조각.

헨리에타　아름답네요. 아버지한테 하나 갖다 드려야겠
어요.

피터　　**뭐라고요?**

헨리에타　목사님이세요.

피터　　외부 유출은 안 됩니다.

헨리에타	농담이었어요. '천국'이라길래.
피터	이건 엄연히 하버드 소유—
헨리에타	물론이죠.
피터	엄청 비싸요—
헨리에타	절도미수, 비밀로 해주면 노래 얘기, 비밀로 해줄게요. (헨리에타가 손을 내밀자, 피터가 맞잡고 악수에 응한다)
피터	재밌는…분이군요.
헨리에타	제가 좀 그렇죠. 모든 면에서.
	(바깥, 북적거리는 소리. 여자들이 휴식을 마치고 돌아오는)
피터	아, 다들 오네요. 미스 플레밍을 조심해요— 스코틀랜드 출신인데, 성격이 급하고 화가 많아요.
헨리에타	아,
피터	그리고 미스 캐넌. 일할 때 방해하면 안 돼요. 꼬장꼬장, 완전 찰스 디킨스 소설에서 튀어나온 것 같음.
헨리에타	질문,

피터	또 뭐가 있을까―글씨 잘 쓰기―중요해요. 건판 다룰 때 조심하기. 잘 깨집니다.
헨리에타	저기―
피터	급여는 시간당 25센트고요.
헨리에타	혹시―
피터	여자들에겐 꽤 괜찮은 벌이죠.
헨리에타	자원봉사나 마찬가지죠.
피터	질문이 뭐죠, 미스 레빗? (애니와 윌러미나가 들어온다. 두 사람은 눈치채지 못한다)
헨리에타	혹시 기회가 있다면 연구에 좀 더 깊이 참여할 수도 있을까요?
피터	시키는 일 말고 다른 거요?
헨리에타	다른 거요. 절 이렇게 쓰는 건 아깝잖아요. **계산을 제대로 하셔야죠**. 자, 망원경은 언제 쓸 수 있을까요?
피터	(당황하며, 무시하는 태도는 아니지만) 그게, 쓸 수 없습니다. (헨리에타는 충격에 말을 잇지 못한다. 애니가 헛기침한다)

애니	여기서부터 내가 맡도록 하죠.
피터	네—아주 좋습니다—짧게 설명하는 중이었어요.
윌러미나	저도 짧게 끝내야겠네요.
피터	네—그럼—좋은 하루 보내세요. (헨리에타에게) 또…봅시다.
	(피터가 자리를 뜬다. 두 사람은 헨리에타를 바라본다)
윌러미나	환영해요, 미스 레빗.
헨리에타	만나서 반갑습니다. 제가 너무 들떠서 저분을 겁준 건 아닌지 걱정되네요.
윌러미나	그건 내 전공인데. 윌러미나 플레밍이에요. 당신, 마음에 들어요.
헨리에타	고맙습니다.
애니	애니 캐넌. 난 생각 좀 해보고요.
헨리에타	아까 그분한테 그렇게 말하지 말았어야 했는데.
애니	맞아요, 그러면 안 됐죠.
헨리에타	좋지 않은 인상을 드렸다면 죄송합니다—

애니   하버드 천문대는 천문학계의 정점에 있는 곳
           이에요. 학계 전체가 우리를 보고 있습니다.

헨리에타   '별들을 장부 정리 하기'. 미스터 쇼 식으로 말
           한다면요.

애니   그래서 그와는 되도록 말을 섞지 않으려는 겁
           니다. 우린 하늘의 지도를 그리는 사람이에요,
           미스 레빗. 기존에 하지 않던 일을 하는 게, 중
           요치 않게, 시시하게 느껴진다면, 나라면요,
           자진해서 떠나겠어요, 누가 떠밀기 전에. 그게
           아니면—존중하세요.

헨리에타   물론이죠.

애니   존중은 **조용히** 행동으로요. 연습이 필요하겠
           군요.

헨리에타   알겠습니다.

애니   연습. (헨리에타가 고개를 끄덕인다. 사이. 윌
           러미나가 사진 건판을 집어 든다)

윌러미나   여기서 어떤 일을 하는지 보여줄게요. 이건
           최신 기술이에요. 별들을 찍고, 우린 사진에
           있는 모든 별을 점으로 기록해요.

애니	하나도 빠짐없이.
윌러미나	별이 재채기한 비말 한 방울까지 전부 다.
애니	**윌**, 그렇게 수준 떨어지게 설명하지 말아요.
윌러미나	그럼 후춧가루, 익숙해지기 전까진 그렇게 보이죠.
애니	윌러미나는 우리 중에 가장 뛰어난 광도 측정가예요. 많이 가르쳐줄 거예요, 저렇게 장난치다 잘리지만 않는다면. (윌러미나가 미소를 짓자, 애니는 째려본다)
윌러미나	한때는 내가 상사였는데.
애니	**아직도** 상사시고, 이 부서의 공동 책임자시고—
윌러미나	이분은 그 엄청난 알파벳, 항성 분류법으로 날 뛰어넘었고.
애니	그건—
윌러미나	항성 분류법+이 애니의 아이디어였죠.
애니	**우리**의 성과였어요. 분명히 말하지만.

헨리에타   항성 분류법이요? 그게 미스 캐넌이 만든 거
라고요?

윌러미나   그럼요. 이분이 분류하기 전까지 하늘은 엉망
진창이었어요. **나는** 색깔을 기준으로 숫자를
붙이고 싶었는데 **애니가 온도**를 기준으로 **알
파벳**을 붙이자고 주장해서—

애니   그만—

윌러미나   OBAFGKM.

헨리에타   (동시에) OBAFGKM.

윌러미나   맞아요.

헨리에타   세상에, 기준을 만드셨네요. 정말 영광이에요.
웃으시겠지만, 제가 들었던 수업에선 하나같
이 요상한 암기법으로 외우게 했거든요—

윌러미나   그것도 이분이 만든 거예요.

애니   교과서에 실릴 거라곤 생각 못 했어요.

✦ Star Classification. 20세기 초 하버드 대학교 천문대에서 개발한 분
류법으로, 항성의 표면온도에 민감한 스펙트럼에 근거해 표면온도에
따라 오른쪽부터 감소하는 순서로 배열한다.

헨리에타	"오, 비 어 파인 걸, 키스 미Oh, Be A Fine Girl, Kiss Me."
윌러미나	OBAFGKM.
헨리에타	그것도 당신이 만든 거라니.
윌러미나	영감을 준 뮤즈가 있었거든요.
애니	**미스 플레밍.**
윌러미나	남자애들한텐 최고의 암기법이죠. 온통 그 생각뿐이니까.
애니	이제 일로 돌아갈까요.
윌러미나	(헨리에타에게 속삭이며) 이분이 상사라서.
애니	**당신이 이 일을 진지하게 생각해주면, 이럴 필요 없잖아요. 이 부서의 출발점인 사람한테 내가 이래라저래라 하는 게 말이 돼요? 어떻게 조금도 진지해지질 않아요?** (헨리에타에게) 윌이 천문학계에서 '큐레이터'라는 직함을 가진 최초의 여성이라는 거, 알고 있어요? 225,300개의 항성목록도 **전부** 윌이 만든 거예요. 헨리 드레이퍼 목록—항성과 성운, 신성들을 발견했어요—이분이 내가 지금 여기 있는 이

　유예요. 장난치는 게 과하지만, 이 기관의 핵
　심 인물인 걸 누구보다 내가 잘 알죠.

윌러미나　(헨리에타에게) 들었죠, 신참? 바로 이게 자
　기 자랑 없이 자기소개하는 방법입니다.

애니　나 그만둘래요.

윌러미나　(애니에게) "오, 비 어 파인 그랜마." (헨리에
　타가 웃는다)

애니　**일하죠.** 피커링 대장님은 아주 까다로운 남자
　예요.

윌러미나　우릴 자기 '하렘'이라고 부른다니까요.

애니　농담하는 거예요.

윌러미나　농담 아니야. 프로젝트를 '여자들이 일하는
　데 드는 시간'으로 계산하잖아.

애니　농담하는 거예요.

윌러미나　아니, 가끔은—'여자 1000명이 일하는 작업
　량'으로도 계산하지.

애니　핵심은, 우린 중요하고 바쁘다는 거죠.

윌러미나　우린 흙바닥이지, 뭐. (애니가 째려보자 정정
　하며…) 우람한 떡갈나무가 자라나는 비옥토.

헨리에타	우리도 직함 같은 게 있나요?
윌러미나	당연히 있죠. 축하해요, 미스 레빗. 당신은 이제부터 컴퓨터입니다.
헨리에타	컴퓨터가 뭔데요?
애니	계산하는 사람.
윌러미나	건판 정보를 기입하고, 데이터 옮기고, 입력하고, 처리하고, 기록하고, 그다음 별.
헨리에타	이 건판, 어떻게 읽는 거죠?
윌러미나	철사와 유리로 된 파리채로 찰싹. (애니가 작은 파리채처럼 생긴, 철사와 유리로 된 주걱 모양의 도구를 꺼내 건판 위에 올린다)
애니	이걸 분석하려는 별 위에 나란히 놓고, 채에 표시된 점이랑 별의 밝기를 맞추는 거예요. 밝기 등급, 위치, 날짜를 기록하고, 기록지를 다 채울 때까지 반복하는 거죠.
윌러미나	살짝 정신줄을 놓아도 좋아요.
헨리에타	그럼 우리가 하고 싶은 연구는요? 거기에 망원경을 사용할 수 있을까요?
애니	안 돼요.

44

헨리에타 아, 제가 생각한 건—

애니 우린 수집하고 기록해서 세계 최대의 항성 기록 보관소를 유지합니다. 그걸 분석하고 싶은 유혹을 뿌리치고요.

헨리에타 하지만 여기서 얼마나 많은 발견을 하셨는지 방금 말씀하셨잖아요--두 분 다요.

윌러미나 유혹이 붙잡는데 가끔은 져줘야죠.

애니 이 일, 할 수 있겠어요, 미스 레빗?

헨리에타 당연하죠.

애니 일관성이 필요해요, 창의성이 아니라.

윌러미나 할 수 있어요, 애니. 충분히 이해했다고요.

애니 좋아요. 작업 준비하세요, 윌.

윌러미나 알겠습니다, 찰싹!

애니 당신은 날 돌아버리게 해요, 그걸 알고 있고.

윌러미나 힘의 균형이지, 달링. (애니가 퇴장한다) 자, 질문 더 있어요?

헨리에타 원래 저렇게 빡빡하신가요, 아니면 저한테만?

윌러미나 아, 아뇨아뇨. 그냥 철저하고 무뚝뚝하기도 하고. 노래도 좀 하고.

헨리에타   노래요?

윌러미나   까마귀 소리가 나서 안 듣는 게 좋아요. 그래
도 인간미 있잖아요. 가깝게 지내는 게 좋을
거예요. 옳은 말만 하는 사람이거든요.

헨리에타   다행이네요. 풀리지 않는 고민이 있어서요…
과학에 관해서.

윌러미나   과학 전체?

헨리에타   많은 부분에 있어서요. 제가 보기엔 우린 우
리가 어디에 있는지도 모르는 것 같아요. 천
문학적으로요. 말도 안 되죠, 이 시대에. 수천
년간 하늘을 올려다봤는데도 저 별들이 얼마
나 멀리 떨어져 있는지 모르잖아요—은하수
가 우주의 전부인지 아닌지도 모르고. 도저히
납득할 수 없어요.

윌러미나   재밌는 분이군요. 참고로 얘기하면 나는 여기
오기 전까지는 피커링의 가정부였어요. 우린
할 일이 많지만 지금은 남자들을 위해 우주를
청소하는 거예요. 그리고 뒤에서 은근히 까는

거죠. 수 세기 동안 그랬던 것처럼. (애니가
건판을 더 많이 들고 들어온다)

애니　　일을 입으로 하나요? 이런 말이 있죠.

애니　　(동시에) 하늘 아래 한계는 없다.

윌러미나　(동시에) 하늘 아래 한계는 없다.

윌러미나　하늘 아래는 없는데, 저 하늘이 한계네.

애니　　그러니까 일해야죠. (애니가 건판을 내려놓
　　　　자, 여자들이 책상에 앉아 일을 시작한다. 이
　　　　들이 각각의 별을 분류할 때마다, 밝은 별 하
　　　　나가 빈 하늘에 떠오르며, 동시에 음 하나가
　　　　들린다. 반복한다) 항성 이름—

헨리에타　항성 이름—

윌러미나　항성 이름—

헨리에타　사자자리 알파 3982.

애니　　오리온자리 베타 1713.

윌러미나　적위 95도.

애니　　73도—

헨리에타　50도.

윌러미나　분광형 B형.

애니	분광형 B형. (헨리에타가 보청기를 빼자, 방 안의 소리가 약해지고, 희미해진다. 헨리에타 와 마거릿의 음성은 보통 음량으로 들린다)
윌러미나	밝기 등급 1.25
애니	밝기 등급 0.65 (마거릿이 편지에서 등장한 다)
마거릿	언니, 보고 싶어.
헨리에타	항성 이름—
마거릿	언니가 떠난 후, 난 어떤 대화도 견디기 힘들 어.
헨리에타	안드로메다자리 알파 15.
마거릿	다들 말이 되는 얘기만 하거든.
헨리에타	적위 80도.
마거릿	답장 기다릴게.
헨리에타	어어, 적경 33도. (피터가 들어온다)
피터	좋은 아침입니다, 숙녀 분들.
윌러미나	좋은 아침 맞고요, 숙녀 분들 맞습니다.
애니	좋은 아침, 또 왔네요?

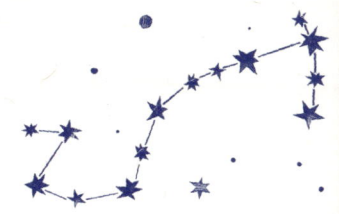

윌러미나	금세 또.
피터	지나가다가—뭘 좀 놓고 가서—이거 가지러 요.
헨리에타	분광형 A형.
피터	안녕하세요, 미스 레빗.
헨리에타	밝기 등급 2.—네? 아, 안녕하세요. 잘 지내시 죠?
피터	좋아요… (사랑스러우면서도 어색한 정적. 달 리 할 말이 없자) 안녕히 계세요. (또다시 부 끄러워하며 재빨리 나간다)
헨리에타	이상한 사람이에요.
윌러미나	점점 더 이상해진다니까.
애니	항성 이름—
헨리에타	항성 이름—
윌러미나	항성 이름— (시간이 흐르면서 하늘이 조각조 각 채워진다. 또 한 통의 편지)
마거릿	추수감사절에는 집에 올 수 있기를. 아빠가 엄청난 설교를 준비하고 계셔. **가족**에 관해서.
헨리에타	어어, 밝기 등급 2.8

마거릿	언니가 놓친 소식이 있는데…
헨리에타	항성 이름.
마거릿	나 임신했어!
헨리에타	(드디어 하던 일을 멈추고) 정말이야? 세상에.
마거릿	나보다도 아빠가 더 기뻐하시는 것 같아. 생각해봐. 언니는 이제 이모가 되는 거야.
헨리에타	이모? 넌 엄마고? 축하해, 내 동생. 정말—(애니가 헨리에타를 향해 헛기침을 하자) 항성 이름: 백조자리 알파. 분광형 A형. (시간이 흐르면서 하늘이 조각조각 채워진다. 피터가 다시 등장하고…)
피터	안녕안녕. 저 왔어요. 현장 점검.
윌러미나	너무 잦아.
헨리에타	(보청기를 끼며) 무슨 일이시죠?
피터	그냥 미스 레빗—여러분 모두 궁금한 건 없나 해서요.
윌러미나	반년이나 지났는데. 화장실 못 찾을까봐요?
헨리에타	제가 미숙한 부분이 있나요, 미스터 쇼?

피터　아뇨아뇨, 그런 게 아니라. 그냥⋯궁금해서.

윌러미나　아아.

피터　그게⋯데이터가 궁금하네요.

윌러미나　(애니에게) 아, 자꾸 어른거리나 봐, 데이터가.

애니　오늘 좀 바쁘네요. 저희 부서에 따로 전할 말이 있나요?

피터　아—네—피커링 대장님이랑 제가 미스 레빗 의견을 들어보고 싶어서요. 대단히 중요한 일이라, 잠깐 좀 뺏겠습니다.

애니　빌려가시는 건 되는데요, 뺏어가진 마시고요.

피터　당연하죠. 그냥 말이 그렇다는 거죠.

윌러미나　그런가요?

헨리에타　대장님이 제 의견을 궁금해하신다니 정말 기쁘네요. 절 전혀 신경 안 쓰시는 줄 알았어요.

피터　신경 쓰셨어요. 지금도 쓰고 계시고요. (피터가 사진 건판을 하나 들고 한 지점을 가리키는데, 그냥 친해지려는 의도인 게 뻔하다) 그게, 제가—**우리**가 궁금한 건, 여기 이게 어떤

51

현상인지 설명해주실 수 있을까요? 다른 건
판에선 이런 게 안 보이는데, 당신 생각이 나
서—당신 생각이 **궁금해서**요. 당신은 명확하
게 설명해줄 수 있을 것 같고⋯(헨리에타가
들여다보더니 금세 알아차린다)

헨리에타　그냥 긁힌 자국이네요.

피터　그래요?

헨리에타　회중시계나 벨트 버클 자국인 것 같은데요?

피터　긁힌 자국이요.

윌러미나　원한다면 거기 피터 쇼라고 이름 붙여줄까요?

피터　괜찮습니다. 밝혀졌으니 다행이네요. 가보겠
습니다.

애니　네, 제발요.

헨리에타　(어쩐지 피터에게 마음이 열리기 시작한다)
고마워요, 물어봐줘서. 우리가 필요하면 언제
든 찾아주세요. (이 순간, 피터는 헨리에타에
게 깊은 고마움을 느낀다. 그가 미소를 짓고
자리를 뜨자, 동시에 시간이 흐르고 하늘이
조각조각 채워진다. 또 한 통의 편지가 도착

52

한다)

마거릿　언니,

애니　32도.

마거릿　부활절에는 얼굴 볼 수 있는 거야?

윌러미나　밝기 등급 6.2

마거릿　아빠가 궁금해하셔.

헨리에타　분광형 B형.

마거릿　나도 언니가 이번엔 집에 꼭 왔으면 하는데—

헨리에타　45—

마거릿　실은—

헨리에타　밝기 등급—

마거릿　**언니,**

헨리에타　뭐? 어. 왜?

마거릿　나 출산했어. 아들이야.

헨리에타　세상에, 세상에, 마지.

마거릿　이름은 마이클이야.

헨리에타　그새 출산을.

마거릿　조카 만나봐야지.

헨리에타　그래야지—**꼭** 그래야지—언제 애를 다 낳았

53

대?

마거릿   벌써 4월이야.

헨리에타   세상에, 그래? 그렇게 됐구나.

마거릿   그거 알아? 아기는 정말 놀라운 존재야.

헨리에타   정말 그렇겠지, 근데 미안—진짜 너무 바쁘네.

마거릿   날 위해 낼 시간도 없어?

헨리에타   **날** 위해 낼 시간도 없어, 지금은.

마거릿   집에 못 와?

헨리에타   여기에 별이 너무 많아.

마거릿   그렇지만 이 얘기 들으면 정말 자랑스러워할
                 걸. 나 드디어 소명을 찾았어!

헨리에타   어, 어?

마거릿   작곡해보려고.

헨리에타   음악? 멋진데.

마거릿   아기 재워놓고 집안일 다 끝내면 나와 피아노
                 둘뿐이야.

헨리에타   잘됐네.

마거릿   취미 아니야.

헨리에타   근데 나 지금 일하는 중이라.

마거릿	가슴이 막 뛰어.
헨리에타	그렇겠다. 집에 못 가서 미안해, 실망했겠지만, 나도 일이 바쁘고, 너도 네 일이 있으니까, 지금은 너랑 소꿉장난할 시간이 없어.
마거릿	진짜 마음에 안 든다.
헨리에타	다음에 꼭 집에 내려갈게. 약속해.
마거릿	**안 올 거잖아.** 도시 한복판 사무실에 갇혀 살더니 감정도 메말랐어.
헨리에타	마지, 그만하자.
마거릿	인생에는 그것보다 중요한 게 있다고.
헨리에타	자연보다?
마거릿	수학보다. 저 바깥엔 그것보다 더—
헨리에타	**그럼 넌 왜 그렇게 집에 붙어 있는 건데?** 왜 평범한 모든 걸 완벽히 해내고선 '저 바깥엔' 다른 것도 있다고 **날** 꾸짖는 건데? 나야말로 '바깥' 전문가야—분명히 말하는데 내 '바깥'은 **농장에** 없어. (사이)
마거릿	(차가운 말투로) 우편물 확인해. 아버지가 책 한 권 보냈어.

헨리에타	성경이야?
마거릿	성경이면 성경이라고 했겠지―책이야.
헨리에타	무슨 책인데?
마거릿	나도 몰라. 난 내 삶이 있고, 언닌 언니 삶이 있겠지. (마거릿이 사라진다. 피터가 다시 등장해 헨리에타에게 다가간다. 이젠 완전히, 좋아하는 사람 앞에서 긴장한 느낌으로)
피터	돌고 돌아 다시 왔어요.
애니	미스터 쇼.
피터	기록하는 여성 분들.
애니	이번엔 그 건판에 초신성이라도 있어야 할 거예요.
윌러미나	(헨리에타에게 나지막히) 지금 저 인간, 자기 때문에 오는 거 알죠?
헨리에타	(윌러미나에게) 네?
피터	별건 아니고요, 미스 레빗과 얘기할 게 좀 있어서.
헨리에타	(윌러미나에게) 이분이요?
피터	당신―아니, **여러분**의 작업이―굉장히 **고무적**

이에요.

애니	이렇게 자주 방해하시면 일하기 곤란해요. 괜찮으시다면—
피터	(애니에게) 미안합니다. 이따 다시—
애니	(동시에) **오지 마요.**
윌러미나	(동시에) **오지 마요.**
피터	현장 점검이요.
애니	(폭발하며) **당신의** 그 쓸데없는 현장 점검에 허비한 시간과, 능력이 넘쳐나는 내 동료들의 삶의 질에는 반비례 관계가 성립해요. 얘기하고 싶은 사람이 있으면 일 **끝난** 뒤에 해요. 그러니까 **정당한 이유가 있으면 들어오고 없으면 나가세요. 계속. 찾아오지. 말고.** (사이. 피터가 헨리에타를 보더니, 다시 애니를 본다)
피터	(숨을 푹 쉬고, 명랑하게) 내일 봬요. (헨리에타에게 미소를 짓고 나간다)
애니	귀엽기도 해라—총으로 쏴버리든가 해야지.
윌러미나	(헨리에타에게) 내가 뭐라고 했어요. 우릴 '고무적'이라고 생각한 게 아니라, 자기라니까.

헨리에타	**다른 얘기** 하면 안 될까요. 미스 캐넌, 도와주세요.
윌러미나	이걸로 확실해졌죠. **저 사람은 당신을 좋아해요.**
헨리에타	난 신경 안 써요. 잘 알지도 못하는 사람이에요. 아니, **전혀** 몰라요. 우린 그냥 동료예요. 그 사람은 주기적으로 점검을 오는 거고.
윌러미나	배고픈 고양이처럼.
헨리에타	누가 고양이죠? 전가요?
애니	**당신이** 고양이라는 게 아닌데.
헨리에타	다행이네요. 내 말은, 대체 어디서 시작해야 되는지 모르겠네요.
윌러미나	(쇼가 나간 곳을 가리키며) 시작! 기꺼이 도와줄 수도 있을 텐데.
애니	일들 합시다.
윌러미나	잘은 모르겠지만, 난 왠지 그 사람 마음에 들어요. 결혼 상대로 나쁘지 않을 것 같아.
헨리에타	그럼 **하시면** 되겠네요.
윌러미나	(애니에게) 아, 내 취향은 아니에요.

헨리에타　누구 취향이든, 결혼하면 일을 못 할 테고 그
　　　　　건 내 선택지에 없어요. 내 남편은 내 일을 감
　　　　　당할 수 있는 고등 생물이어야 하는데, 우리
　　　　　미스터 쇼가 이 조건에 맞는지 잘 모르겠어
　　　　　요.

윌러미나　'우리' 미스터 쇼?

헨리에타　아니, 그게 아니라—

애니　　　난 동의해요.

헨리에타　(생각에 잠겨) 하지만 끈기가 대단하죠. 걸음
　　　　　걸이, 걸음걸이도 멋지고. (윌러미나, 피터가
　　　　　했던 행동들을 흉내 낸다)

애니　　　(윌에게) **이리 온.**

윌러미나　야옹—

헨리에타　(그만하라는 투로) 내 말은, 두 분처럼, 내게
　　　　　도 일이 삶의 전부라는 거예요. 일만 있으면
　　　　　돼요. 그리고 미스 캐넌—주제넘은 말일지 모
　　　　　르지만 피터 쇼 같은 사람들이 찾아오는 거,
　　　　　이 일, **당신**이 필요해서잖아요. 그런데 왜 교
　　　　　수직을 요구하지 않는 거죠?

애니	이 일을 하는데 직함은 필요 없으니까요.
헨리에타	하지만 그 사람들은 직함을 유지하기 위해 당신이 필요하잖아요. 언젠가는 우리 중 **누군가** 그 우람한…뭐였죠?
윌러미나	떡갈나무.
헨리에타	우람한 떡갈나무! 당신이 돼야 한다고요.
애니	둘 다 임금 인상은 없는 줄 알아요. 얘기 끝났어요.
헨리에타	임금 인상을 원하는 게 아니에요.
윌러미나	난 원해.
헨리에타	선례가 필요해요. 그들이 당신에게 합당한 대우를 하지 않는다면, 우리 중 누구에게도 하지 않을 거예요.
애니	뭘 원하는데요?
헨리에타	**기회**요. 우리가 뭘 할 수 있는지 보여줄 기회.
애니	그게 정확히 뭔데요?
헨리에타	(숨을 들이쉬며) 저 뭔가가 보여요.
애니	그게 **정확히 뭐죠?** 뭔가가 **뭔데요?**
헨리에타	깜박이는 별들이 점점 더 많이 보여요. 변광

성? 요즘 소마젤란 성운을 연구하면서, 이 별
들의 깜박임을 추적하고 있거든요.

애니 맥동? 밝기가 주기적으로 변하나요? 세페이
드 변광성*?

헨리에타 아마도. 어떤 건 일주일에 한 번, 어떤 건 한
달에 한 번 깜박여요.

애니 세페이드 변광성의 맥동은 새로울 건 없는데
요.

헨리에타 알아요. 하지만 핵심은 그 규모죠. 제가 찾은
이 방대한 양이요.

애니 그래요? 거의 발견되지 않는 건데.

헨리에타 정확한 방법을 쓰면 어렵지 않아요. (허락을
구하는 눈빛)

애니 계속해요.

헨리에타 간단한 비교 도구로 건판을 **빠르게** 분석할 수

✦ Cepheid Variable. 주기적으로 밝기가 변하는 맥동 변광성의 일종
으로, 천문학에서 거리를 측정하는 데 결정적인 역할을 하는 별이다.
이들의 주기-광도 관계는 1912년 헨리에타가 발견했다.

있었어요. 그러니까, **같은** 별무리를 다른 시기에 관찰한 것과 비교하면—일부 별들은 훨씬 더 밝아지는 걸 확인할 수 있어요. 이런 게 건판 대부분에서 보이고요. 만약 이 별들이 진짜 세페이드 변광성이라면, 또 관찰되는 것처럼 그 숫자가 크다면, 중요한 단서일 수 있어요.

애니   어떤 단서죠?

헨리에타   모르겠어요. 하지만 중요해요.

애니   그럴 리가.

헨리에타   하지만 제 직감은—

애니   피커링 대장님은 그런 직감에 돈을 주는 게 아니에요.

헨리에타   노동의 가치만큼 제대로 주는 것도 아니죠.

애니   그럼 맡겨진 일에 집중하거나 일을 하지 마요. (애니는 다시 돌아서서 헨리에타를 바라본다) 그렇지만 업무가 **끝난 뒤엔** 남아서 연구해도 좋아요.

헨리에타   네?

애니   조용히만 한다면.

헨리에타 정말요? 정말로요?!

애니 규칙은 딱 하나, '조용히'.

헨리에타 알겠습니다. 감사합니다. (조용히 환호성을 지르는 헨리에타. 애니는 바보 같아하며 윌러미나를 지나쳐 걸어간다. 윌러미나는 애니를 붙잡고 볼에다 입 맞춘다. 애니가 퇴장한다. 윌러미나도 퇴장. 마거릿이 편지 속에서 등장한다. 여전히 기분이 상해 있다)

마거릿 언니, 아빠가 책 잘 받았는지 궁금해하셔. 크리스마스에 올 건지도. 답장해 줘.

헨리에타 (편지 조명 아래) 마지에게. 화낸 거 미안해. 이건 마이클이 제일 좋아하는 이모가 선물로 주는 책이야. 스웨터 좀 보내줄 수 있어? 사랑을 담아, 헨리. (장면 전환되어, 마거릿은 작곡을 시작하고, 애니는 거리에서 짓밟힌 서프러제트의 띠를 발견하고, 윌러미나는 집안일을 하다가 별을 관찰한다. 헨리에타는 세페이드 변광성 연구에 매진한다)

3장

아침. 헨리에타는 책상에서 잠들어 있다. 1905년경. 피터
와 윌러미나가 등장한다.

피터   세상에, 지금—?

윌러미나   책상 청소하는 거예요. **맞죠, 미스 레빗?** (윌
         이 헨리에타를 깨우면, 헨리에타는 보청기를
         집어 든다)

헨리에타   네? 아, 네. 죄송해요. 깼어요.

피터   미스 레빗, 어디 아파요?

헨리에타   아뇨, 그냥 있죠. 안녕하세요.

피터   취했어요?

헨리에타   하, 그랬다면—

윌러미나   말도 안 되죠.

헨리에타   좋았겠지만, 아니에요.

피터   여기서 잔 거예요?

헨리에타   아뇨아뇨—잠은 거의 못 잤고요. 별. 세페이
         드? 맥동?

피터   나도 그게 뭔지는 알아요.

헨리에타   마젤란 성운에서 충격적으로 많이 발견됐어

요. 요즘 제가 마젤란 성운이랑 꽤 친해져서.

피터　연구원들한테 얘기해서 몇 개 더 목록에 올리도록 하죠.

헨리에타　이백 개요. (사이)

피터　이백…

헨리에타　개.

피터　어젯밤…

헨리에타　에만…네.

피터　오. (사이)

헨리에타　그러니까. (피터와 헨리에타가 서로를 바라본다. 헨리에타가 정적을 깬다) 이걸 꾸준히 해 보면 어떨까 해요.

피터　그러시죠.

헨리에타　잠 좀 자고요.

윌러미나　그러시죠. (엄지를 척 들어주자, 헨리에타가 미소를 지으며 퇴장하기 시작한다)

피터　아주 잘했어요. 정말 훌륭해요.

헨리에타　(피터에게 미소를 지어 보이며) 고마워요. (헨리에타가 한쪽으로 퇴장한다. 애니가 등장

하자, 윌러미나가 미리 쉿 하고 애니를 조용
히 시킨다)

애니　　　대체 지금 어딜 가는 거예요?

윌러미나　서류 보관실에 잠깐 눈 붙이러. 내버려둬요.

애니　　　거기서 **숙식**이라도 한대요?

윌러미나　뭘 발견했는지 알면 놀랄걸.
　　　　　(며칠 뒤. 피터가 다시 등장한다. 잔뜩 흥분해
　　　　　허둥지둥하며 혼란스러워 보인다)

피터　　　(소식을 발표하는 투로) 많은 일이, 벌어지고
　　　　　있습니다, 세상엔 (사이)

윌러미나　그런데요?

피터　　　우린 모든 것을 부정하고 뒤엎어버리는 시대
　　　　　에 살고 있어요—우리가 가졌던 모든 생각들,
　　　　　그 모든 것들. 심지어 기본 법칙까지도. 거리,
　　　　　빛, 시간—

윌러미나　그 논문, 읽었군요.

피터　　　읽었어요?

애니　　　상대성이론.

피터　　　상대성이론! 그건 불가능해요. 근데 가능하다

니. 시간이 가변적이고, 공간이 시간의 일부라
니. 정말 기가 막혀서.

윌러미나   기가 막힌다고 틀린 건 아니잖아요.

피터   아니아니아니, 우리은하만큼 큰 은하가 또 있
을 수 있다고요? 우리은하 **바깥**에요? 우주가
그 정도로 크다고요? 아뇨.

애니   그 이론은 그렇다네요.

피터   하지만 이건 모든 걸 무효화하고, 공중분해
시키는 거잖아요. 인류가 정립한 개념은 지성
의 역사 속에서 꾸준히 앞으로 나아갔어요.

윌러미나   목사님 생각은 다르실걸요.

피터   내 말은, 과학적 선구자들이 우릴 이끌어온
거라고요. 그 거인들의 어깨✦ 위에서 세상을
바라보는 거예요. 근데 그걸 다 날려버린다뇨.

윌러미나   글쎄요, 멍청한 거인도 많으니까요.

피터   그럼에도 우린 **진보**하고 있잖아요. 진보의 시

✦ 아이작 뉴턴의 "내가 다른 사람보다 더 멀리 내다볼 수 있었다면,
그것은 거인의 어깨 위에 서 있었기 때문이다"를 비유한 표현이다.

대. 기존의 개념 위에 하나씩 쌓아가면서.

윌러미나 그렇죠.

피터 **그렇죠.**

윌러미나 (완전히 농담조로) 물리학은 거의 다 정리됐는데.

피터 **그렇죠.**

윌러미나 그런데 웬 폭탄 머리가 나타나서 차곡히 쌓아온 걸 날려버렸네.

피터 뉴턴한테 그런 짓을 하다뇨. 우리가 뭘 구축할 수 있죠? 어떻게요? 결국 모든 게 변할 텐데.

애니 무슨 말을 듣고 싶은 건지 모르겠네요.

피터 (헨리에타를 가리키며) 그녀도 뭔가를 찾아 냈어요—**찾아내고**—파헤치고, 발견하고—그런데 난…난 감을 못 잡고요. 이 길이 내 길이 아닌가 싶기도 하고요. 모든 게 다…이상하게 느껴져요.

윌러미나 원래 이렇게 말이 많지 않았는데.

피터 내가요? 많았는데요. 현장 점검도 하고.

윌러미나 아, 그렇죠. 삶의 낙, **현장 점검.**

피터　　내 일을 하는 것뿐이에요. 노력하고 있어요.

윌러미나　헨리가 왜 뭔가를 자꾸 발견하는 줄 알아요? **주어진 일만** 하지 않거든. 왜냐하면 그래야 남들이 누리는 기회의 *끄트머리라도* 겨우 손에 쥘 수 있으니까. 왜냐하면 우리는 남자들만이 만질 수 있는 저 망원경을 사용할 수조차 없으니까. 그런데 인류의 정신에는 성별이란 게 없고, 저 하늘도 성별을 안 가리거든요—왜요, **성별**이라는 말 많이 들으니까 긴장돼요?

피터　　그렇네요.

윌러미나　좋네요.

피터　　그냥, 저는 여러분을 진심으로 존경합니다… 여러분이 하시는 일, 그건…명확하니까요.

애니　　고마워요. (피터가 자리를 뜬다. 헨리에타가 씩 웃으며 걸어들어온다. 다 듣고 있었다)

헨리에타　방금, 뭐였어요?

윌러미나　토론을 통한 자기 성장 역량을 눈앞에서 확인하셨습니다.

애니　　이래서 저 사람이 우리 부서에서 어슬렁거리게 두는 거예요.

윌러미나　저러니까 조금 더 좋아지는데, 안 되나? 아까
　　　　　당황하는 걸 보니까 제법 재밌더라고. 그래서
　　　　　말인데, 청혼은 아직인가?

헨리에타　네? **뭐요?**

애니　　　윌러미나.

헨리에타　저한테요? 아뇨, 무슨. 아뇨.

윌러미나　볼 때마다 곧 할 것 같던데.

애니　　　그 표정.

윌러미나　안절부절.

헨리에타　안절부절이요? 누가 안절부절인데요? 아뇨,
　　　　　이미 얘기했잖아요. 결혼? (윌러미나에게) 결
　　　　　혼 안 했죠. (애니에게) 결혼 안 했고. 아무도
　　　　　결혼 안 했어요. 왜 결혼이 화젯거리가 되는
　　　　　거죠?

애니　　　화젯거리가 아니라.

윌러미나　깨끗이 인정하고 내 말이 맞았음을 증명하며
　　　　　영원토록 행복합시다.

헨리에타　맙소사.

애니	(헨리에타에게) 무시하는 게 답이에요.
윌러미나	놀리는 거 아니에요. 나 완전 진지해. 사랑에 빠지면 누구나 조금씩은 바보가 되니까.
애니	안절부절.
헨리에타	**안절부절은 좋은 거예요, 나쁜 거예요?**
애니	다 상대적인 거랍니다. (애니와 윌이 웃음을 터뜨린다. 헨리에타는 몸을 일으켜 나갈 채비를 한다)
윌러미나	헨리에타, 그게 인생이에요. 터무니없고, 기적 같고, 때론 전혀 재미없고. 그래도 웃는 게 나아요. 특히 남편 문제에 관해선.
애니	남편이 있었거든요.
헨리에타	정말요?
윌러미나	네, 보스턴에 도착하자마자 날 버렸죠. 난 스물한 살이었고, 임신했고, 가난한 데다, 스코틀랜드 출신이었어요. 그래서 그냥 웃었어요. 그때 피커링 대장을 만났고, 여기 불려 왔고, 지금 이렇게 앉아 있죠. 난 그냥 웃어요. 그게 상책인 것 같아서. (피터가 들어오다가 멈

춘다. 세 여자 모두 그를 빤히 쳐다본다. 그는 상황을 파악해보려 하다가, 뭔가 말을 꺼내려 하다가, 그냥 천천히 물러나는 게 좋겠다고 판단하고…퇴장한다. 헨리에타는 계속 응시한다) 숨 쉽시다. (헨리에타가 참았던 숨을 길게 내쉬면, 장면 전환되어…)

4장

밤, 헨리에타는 홀로 일하는 중이다, 보청기 없이. 애니가 조용히 들어온다. 헨리는 이를 눈치채지 못한다. 공책을 보다가 그만두고 울기 시작한다.

애니는 나가려고 하지만 책상에 부딪힌다. 헨리가 몸을 돌려 보청기를 더듬어 찾는다.

헨리에타 죄송해요.

애니 아뇨아뇨, 내가 미안해요.

헨리에타 연구할 땐 빼놓거든요.

애니 그렇군요. 계속하세요. 장갑을 까먹고 두고 나와서.

헨리에타 아뇨, 저도 나가려던 참이었어요.

애니 아니, 금방 갈 거예요. 모자만 챙겨서.

헨리에타 장갑이요?

애니 아, 장갑이요. (짧은 사이)

헨리에타 여기 앉아서 밤새 울기만 한다고 생각하지 말아주세요.

애니 **봐도** 될까요, 여기 앉아서 밤새 뭐 하는지?

헨리에타   (애니에게 공책을 건넨다. 애니가 읽는다. 아무것도 아니다)

세페이드 변광성.

애니   확실히 찾는 데 재능이 있군요.

헨리에타   **찾는 것만으론** 아무런 가치도 없다는 사실을 찾아냈죠. 거기에 의미가 없다면. 현재로선 없고요.

애니   있을지도 모르죠.

헨리에타   이천 개 가까이 찾았어요. 잔디밭에서 풀을 세는 거랑 뭐가 다른가 싶어요. 셀 수야 있죠, 근데 뭐하려요?

애니   그 심정 **잘** 알죠. 찾은 걸 보여줘요.

헨리에타   (장부를 보여준다. 애니가 계속 읽는다. 아무것도 아니다) 왼쪽은 주기가 가장 짧은 것부터 나열한 세페이드 변광성이고, 중간은 별의 온도인데, 광도로 바꿔볼까 싶어요. 아무것도 떠오르지 않아요. 패턴이 없어요.

애니   없네요.

헨리에타   여기에 너무 많은 시간을 허비했어요.

애니	미스 레빗—
헨리에타	정말로 이 숫자들에서 뭔가 알아낼 수 있다고 믿었어요. 우리가 연결시키지 못한 중요한 뭔가가 있을 거라고. 그런데 아니에요.
애니	미스 레빗.
헨리에타	쌓여 있는 공책만 **열두 권**인데, 다 날 빤히 쳐다만 보고 있어요. 아무 것도 풀리지 않고, 보이는 것도, 의미도, 아무것도 없어요. 말이 되는 게 **아무것도** 없어요, 젠장.
애니	헨리에타.
헨리에타	말이 좀 거칠었죠.
애니	거의 다 왔어요. 계속하세요. 어떻게 생각할 것인지를 생각하세요. 답은 그 안에 있어요.
헨리에타	피커링 대장님한테 물어봐야 할까요?
애니	아뇨.
헨리에타	아니면 미스터 쇼?
애니	아니요, 이 연구는 당신 거예요. 내 생각에 당신은 지금 길목에 있어요.
헨리에타	어떤 길목이요?

애니	기회로 가는 길목. (애니는 외투 주머니에서 장갑을 꺼내 끼고, 자리를 뜬다. 헨리에타는 미소를 짓고, 숨을 내쉰다. 그때 피터가 들어온다)
헨리에타	깜짝이야.
피터	깜짝이야. 신경 쓰지 마세요.
헨리에타	이건 정말—
피터	폐를 끼쳤네요, 정말 미안해요.
헨리에타	이건—
피터	전적으로 내 잘못이에요.
헨리에타	**내가 원했던 거야!** 애니 말이 맞아. 포기하지 않고, 끝까지 밀고 가는 거야, 시간문제니까—답은 그 안에 있으니까—계속 가면 되는 거야. 그치? 그치! 그쵸? 안녕하세요. (사랑스럽고 어색한 정적)
피터	안녕하세요. 그게…모자를 두고 와서.
헨리에타	아.
피터	장갑—장갑을 두고 와서—그런데 안에 불이 켜져 있길래, 아, 온 김에 파리채가 잘 있나 점

검할까 해서요.

헨리에타 이름을 바꿔야 할 것 같긴 하죠?

피터 그게 좋을 것 같죠?

헨리에타 미스터 쇼, 여기 이렇게 늦게까지 있으면 안 되는 거 나도 알아요.

피터 그냥—이름으로 불러주면 좋겠어요. 피터. 훨씬 좋네요, 좋을 거예요.

헨리에타 아, 헨리에타.

피터 좋네요. (주머니에서 장갑을 꺼낸다) 찾았네요. (가려고 하지만 미련이 남아) 미스 레빗—헨리에타—제가—당신에 대해 잘 몰라서 그게—아쉬워서요. 서로 알아갈 시간을 가질 수 있을까요, 지금? 좋을 거예요.

헨리에타 아, 전 랭커스터에서 자랐고, 가족은 위스콘신에 있어요. 청력이 안 좋고요, 여기 오려고 지참금을 썼고 그래서 이렇게 열의가 넘친달까.

피터 아.

헨리에타 그리고 클라리넷을 연주해요. 잘은 못하지만.

피터 저도요. 저도 잘은 못하지만.

헨리에타　합주하면 정말 끔찍하겠네요! 내 말은—제가
　　　　　　말을 좀 막 하죠.

피터　　　닥스훈트를 키워요. 이름은 칼. 재밌죠? (피
　　　　　　터가 미소를 짓고, 헨리도 미소를 짓는다. 피
　　　　　　터는 무슨 말을 하려고 하다가…하지 않는다)
　　　　　　칼이 기다려서요. (피터가 자리를 뜨는데, 모
　　　　　　자를 두고 간다. 헨리에타는 씩 웃으며, 모자
　　　　　　를 뒤집어서 자기 머리에 얹는다. 피터가 돌
　　　　　　아온다) 죄송한데, 모자. (헨리에타가 그에게
　　　　　　모자를 건넨다. 둘의 손이 닿는다) 당신은 정
　　　　　　말… 놀라워요. 그렇게, 생각해요, 자주. (정
　　　　　　적. 그가 떠난다. 헨리에타는 미소를 짓는다.
　　　　　　피터가 다시 들어온다. 억눌러온 애정과 열정
　　　　　　이 거의 단숨에 쏟아져 나온다)

피터　　　내일 여객선이 떠나요—개기일식 관측 때문
　　　　　　에. 당신, 그걸 타야 돼요—저도 탈 거예요—
　　　　　　그러니까, 저랑 같이 떠나요—유럽으로—한
　　　　　　달—아님 두 달? 지금 결정 안 해도 돼요—
　　　　　　하지만 곧 결정해야 되겠죠? 내일 배가 뜨니

까—따뜻한 옷을 챙기시고요—밤에 추워요—
스페인에 내릴지도 몰라요—춤도 추고 바다
도 보고 달빛도 보고 랍스터도 먹고 이리저리
떠다니면 낭만적이겠죠—멀미하려나, 어쩌면
일식을 볼 수 있을 거예요. 재밌겠죠.

헨리에타	아…와…네, 그거 참…흥미롭네요.
피터	흥미롭다고요?
헨리에타	끝내준다고요.
피터	그죠.
헨리에타	배 타고 가는 것만 아니면.
피터	배 타는 거 싫어해요? 그 생각을 못 했네.
헨리에타	아뇨, 일 때문에. 지금 뭔가를 코앞에 두고 있어서—
피터	다른 분들이 할 순 없나요?
헨리에타	아뇨, **그** 일이 아니라, 제 연구요. 정말 열심히 달려왔는데—
피터	놓고 가지 않아도 돼요. 내가 다 들고 갈게요. 당신과 나, **그리고** 당신 연구, 함께 떠나는 거죠.

헨리에타	건판이 잘 깨져서 안 돼요.
피터	그럼 얘네는 우리가 올 때까지 여기서 기다려야겠네요.
헨리에타	그러기엔 너무 조금밖에 안 남아서—거의 다 오긴 했는데.
피터	유럽 전역에서 온 천문학자들을 만날 수 있을 거예요. 연구 얘길 나눌 수도 있고. 세상을 경험하는 거죠!
헨리에타	정말 멋진 일이에요. 하지만 우리 저녁이나 함께 먹을까요?
피터	맨날 여기 틀어박혀 있잖아요!
헨리에타	그래도 유럽에 갈 순 없어요!
피터	헨리에타.
헨리에타	피터.
피터	이건 나한테도 아주 중요한 순간이에요. 여기까지 오느라 삼 년이나 걸렸으니까 솔직하게 얘기할게요. 당신의⋯정신과 영혼⋯나는⋯흠모해왔어요. 지금 답하지 않아도 돼요. 전혀요. 당장 얘기하지 않으면 내 심장이 폭발

할 것 같아 겁나서 그래요. 우리가 처음 만난 날부터, 당신은 내 인생에서 가장 밝게 빛나는 존재예요. 그리고 우린 둘 다 별을 연구하고. 내가 당신에게 가장 큰 감동을 주는 남자는 아닐지라도, 당신을 가장 생각하는 남자라는 건 자신 있게 말할 수 있어요. 그게 당신한테도 의미가 있길 바라요. 이런 말 하는 게 기분 나쁘게 들리지 않았으면 해요. 당신을 얼마나…동경하는지.

헨리에타 아, 이렇게 말하면 정확하겠네요. 좋습니다.

피터 그런가요? 정말 굉장하네요. 약간 충격이기도 하고. 첫인상에서 완전히 망쳐버렸다고 생각했거든요. 아니면 두 번째 아니면 방금 전에.

헨리에타 운명은 부끄러워하지 않는 자의 손을 들어주죠. 하지만, 내 연구는 나한테 아주 중요해요. 그러니까 이게 부담스러우면 빨리 다시 생각해야 할 거예요.

피터 그러려고 해도 못 할 거예요. 난 당신을 알고, 당신 연구를 아니까…당신이 나와 함께 갈 수 없다면, 나도 여기 남죠. 이걸 뿌리치고 갈 순 없으니까요.

헨리에타 "이걸?" 그게 정확히 뭐죠?

피터 사랑 아닐까요?

헨리에타 글쎄요, 그런가요?

피터 분명 사랑이에요. 내 심장 뛰는 소리가 너무 커서 기차가 지나가는 것 같네요. 당신 탓이에요.

헨리에타 그게 **내** 탓이라고요?! 그건 **당신** 탓이죠.

피터 맞아요! 봤죠? 이게 사랑이에요!

헨리에타 근데 어떻게, 대체 **어떻게** 그 사랑을 알죠?

피터 비교 분석을 통해서죠. 당신을 알기 전에는 부족한 게 없었어요. 당신을 알고 나선? 열정과 확신에 찬…바보가 되었죠. 현장 점검? 헛소리죠. 여객선? 순전히 이 드넓은 세상에서 당신과 함께 있기 위해서예요. 드디어 당신에게 말했네요. 드디어 당신도 듣고 있고요. 그리고 드디어… (두 사람이 눈을 맞춘다. 피터가 헨리의 손을 잡자…하버드 천문대가…여

객선의 갑판이 되고, 밤. 머리 위에서 별들이 빛난다. 어딘가에서 악단의 연주 소리. 피터가 헨리의 몸을 돌리며 춤을 추는데…갑자기 마거릿이 전보와 함께 등장한다)

마거릿 언니—마침표. 집으로—마침표. 아버지 뇌졸중—마침표. (헨리에타가 멈춘다. 별빛이 어두워진다. 꿈이 부서진다. 천문대로 돌아오자 피터와 헨리에타 두 사람이 홀로 서 있다)

헨리에타 맙소사, 피터. 가봐야 돼요.

피터 가요? 어디요? 무슨 일인데요?

헨리에타 집에요. 아버지가. 세상에.

피터 내가 도와줄게요. 내가 같이 갈게요. 무슨 일이든.

헨리에타 아버지가 편찮으신데, 집에 동생 혼자예요.

피터 같이 가요.

헨리에타 그렇게까지 하지 않아도 돼요.

피터 도울 수 있어요. 돕고 싶어요.

헨리에타 고맙네요, 하지만 난 집으로 가야 하고, 당신은 유럽에 가야 해요. 다른 과학자들과의 만

찬을 놓칠 순 없잖아요.

피터　싫어요.

헨리에타　그래야 돼요, 피터.

피터　싫어요.

헨리에타　나 때문에 당신이 이 기회를 놓치는 건 싫어
요. 그러니까 가요. 편지 써요. 그리고 돌아와
요.

피터　알겠어요. 그치만—

헨리에타　가요. 각기 가야 할 곳에 갔다가, 돌아오는 거
예요. 그런 다음 우린…

피터　우리의 상호 보완성을 위한 위대한 실험을 계
속해야죠.

헨리에타　그리고 월러미나의 폭풍 같은 웃음소리를 함
께 헤쳐나가야겠죠.

피터　천둥 뺨칠 거예요.

헨리에타　분명 그러겠죠.

피터　그럼, 당신이 잠시 떠나 있는 동안, 나도 잠시
떠나 있을게요.

헨리에타　단지 공간일 뿐이죠.

피터	시간일 뿐이고.
헨리에타	그리고 우린…?
피터	멀리 있지만 멀어지진 않을 거예요.
헨리에타	멀리 있지만 멀어지진 않을 거예요. 마음에 드는데요. (헨리가 피터의 뺨에 다정히 입 맞춘다. 피터와 하버드 천문대가 휩쓸려 멀어지면서 레빗 가족의 집이 그 자리를 차지한다)

5장

레빗 가족의 집. 별 한 점 없는. 기다리고 있던 마거릿 앞에서 헨리에타가 발걸음을 멈춘다. 유리 건판 한두 상자가 헨리의 옆에 놓여 있다.

헨리에타　마지, 나 왔어.

마거릿　언니, 어서 와. 잘 있었어? 들어와. 모든 게 엉망이야. 언니가 와서 다행이야.

헨리에타　내가 어떻게 도우면 돼? 뭘 하면 돼?

마거릿　뭐든. 아니, 아무것도. 지난주 일요일부터 모든 게 엉망이야.

헨리에타　지난주 일요일? 왜 바로 연락하지 않았어?

마거릿　경황이 없었어.

헨리에타　더 일찍 올 수도 있었는데. 몰랐어. 어떻게 된 거야?

마거릿　갑자기 넘어지셨어. 말도 못 하고, 움직이지도 못하고.

헨리에타　뭐부터 할까?

마거릿　어디서부터 시작해야 할지 모르겠어. 아빤 아무것도 못 하셔. 이제 정말 어쩌지?

86

헨리에타 사무엘은 어딨고?

마거릿 주일 예배 준비하려고 애쓰고 있지. 아빤 설
교를 못 하시고, 사무엘은 다리를 다쳤고. 그
냥 모든 게 너무 벅차. 그래도 예배는 괜찮을
거야. 내가 반주하니까 적어도 듣기는 좋겠지.

헨리에타 대신 연주해줄 사람 못 구해?

마거릿 **내가 해.** (사이)

헨리에타 정말 미안해, 이걸 다 너 혼자 떠맡게 해서.

마거릿 뭐, 어쩔 수 없지. (털썩 앉는다. 지친 마거릿.
건판이 담긴 상자를 발견하고) 저건 뭐야?

헨리에타 일. 그냥 조금.

마거릿 일을 잠시 쉴 때라는 생각은 안 하는구나.

헨리에타 중요한 거라.

마거릿 이건 안 중요하고?

헨리에타 중요하지. 봐, 내가 왔잖아. 여기 이렇게 있잖
아.

마거릿 난 언니가 왜 모든 일에 기대 이상이면서 가
족에게는 소홀한지 모르겠어. 그래도 그거 알
아? 아빠가 언니를 얼마나 자랑스러워하는

지. 아빠가 언니의 '대탈주'를 싫어할 거라고
만 생각하잖아. 집에 편지를 쓰지도, 오지도
않았으니까. 이것도 모르잖아, 내가 언니 노릇
까지 대신한 거. 아빠한테 언니인 척 답장 쓴
거 알아? 매주 내가 쓴 편지를 집에 들고 들어
와서―아주 기쁘게―신나게!―식구들을 전부
앉혀놓고 읽어줬다고―"오늘은 언니가 이런
편지를 보냈네요!" "아빠, 언니가 안부 전해
달래요, 사랑한대요, 고맙대요," 그런 연극이
위안이 되길 바라면서.

헨리에타 그럴 필요 없었어.

마거릿 그래도 했어. 언니가 돌아올 집이 있어야 하
니까. (간다)

헨리에타 마지, 제발―

마거릿 나 엄청 바빠. 아빠 식사 챙겨야 하고, 의사도
한 시간 뒤에 올 거야. 갑자기 일이 산더미만
큼 늘었어, 언니는 곧 떠날 거니까 너무 의지
하면 안 되잖아.

헨리에타 제발 그만해. (마거릿을 어루만지며 마음을

전한다)

마거릿   (평소 절대 하지 않는 부탁을 하며) 제발, 나
      좀 도와줘.

헨리에타   나 안 가. 내가 필요한 만큼 여기 있을게. 안
      갈게.

마거릿   그렇지만 언니 일은.

헨리에타   일을 이리로 보내달라고 하면 돼. 더 보내주
      면 여기 있을 수 있어. 그러고 싶어. 정말이야.
      정말. (마거릿이 멈춘다. 숨을 쉰다. 두려움에
      숨겨온 감정을 터뜨린다)

마거릿   너무 힘들었어. 너무.

헨리에타   그래 보여, 정말 미안해.

마거릿   분명 괜찮으셨는데, 갑자기 안 좋아지셨고, 지
      금은…모든 게 변하고 있어. 왜 **모든 건 다** 변
      하는 걸까?

헨리에타   (머뭇거리며) 그 자체로 변한다기보다는, 형
      태가 변하는 거지.

마거릿   뭐?

헨리에타   새로운 이론이 제시됐거든. 한 독일 물리학자

가—

마거릿   또 시작이다.

헨리에타   들어봐, 그 사람이 주장하길 질량과 에너지는
같은 건데, 서로 다른 형태를 띨 뿐이래. 둘은
영원히 형태를 바꾸며 왔다 갔다 한다는 거
야. 그러니까, 아무것도 사라지지 않아. 형태
만 바꾸는 것뿐이지. (사이) 반주 연습해. 난
도울 일이 있는지 사무엘한테 가볼게. (마거
릿이 고개를 끄덕이고, 피아노 앞에 가서 앉
는다. 〈아름다운 하늘과〉를 연주한다. 애니와
윌이 저 멀리서, 함께 올려다보며 등장한다.
편지) 피커링 대장님, 미스 플레밍, 미스 캐넌
에게… (피터가 저 멀리서 등장해 헨리에타를
바라본다) 가족 사정으로 당분간 여기 있어야
합니다. 하늘을 더 보내주세요. (헨리에타가
멀리 객석을 바라보는 동안 시간은 흐르고…
편지들…피터가 배에, 헨리는 집에 있다) 피
터에게. 당신은 지금 바다 위에 있겠죠. 별들
로 빛나는 밤하늘 아래. 난 어린 시절과 똑같

은 밤을 보내고 있어요—언덕에서 홀로, 하늘을 올려다보며, 이 삶이 아닌 다른 삶을 꿈꾸면서. 당신의 헨리에타.

피터 헨리에타, 영국에 도착했어요. 일식은 눈부시게 아름답더군요. 당신은…모든 곳에 있어요. 멀리 있지만 멀어지지 않는 곳에.

헨리에타 피터에게. 퇴보하는 것 같은 기분을 떨치기가 쉽지 않네요. 그래도 집에 있는 건 좋아요. 아버지는 나아질 기미가 보이지는 않지만, 마지는 내가 있어 너무도 다행스러워한답니다. 하지만 난 그리워요…모든 게.

피터 헨리에타, 옥스퍼드에서 세계 최고의 학자들을 만났어요. 모두가 상대성이론 얘기를 해요. 파리는 무척 좋았고, 취리히는 추웠습니다. 하버드는 어때요?

헨리에타 아직 돌아가지 않았어요. 마지를 돕고 나서 끝내주게 삐걱거리는 내 책상으로 돌아갈 예정입니다. 당신의 '현장 점검'을 기다리던 곳으로.

피터	헨리에타, 막 천문대에 도착했어요. 당신에게 해줄 얘기가 정말 많아요. 언제 돌아오죠?
헨리에타	약속할게요, 피터. 최대한 빨리 돌아가겠다고.
피터	그게 언제죠? 우린 당신이 필요해요.
헨리에타	건판을 더 보내주세요.
피터	나한텐 건판은 어찌 되든 상관없어요. 당신은 지금 어딨어요?
헨리에타	같은 곳에요. 멀리 있지만 (피터가 문장을 마저 완성하기를 기대하지만…) 멀어지지 않는 곳에. (피터에게서 응답이 없다) 피터? (여전히 없다) 아버지의 장례식은 간소했지만 친구들로 북적였어요. 가족에게는 다행이었어요. (피터에게서 응답이 없다) 소식 들은 지 오래됐네요. 편지가 잘 도착한 건지 걱정돼요. 아니면 당신이 답을 못하는 걸 수도. 당신의 헨리에타.
피터	미스 레빗, 고인의 명복을 빕니다. (전과 다른, 형식적) 하버드는 몹시 분주합니다. 피커링 대장님이 분석을 위한 건판을 더 보내실

92

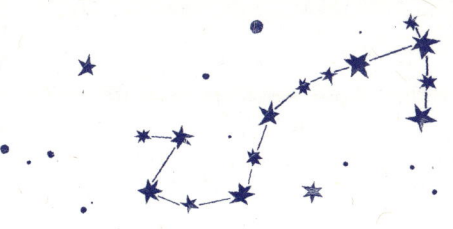

예정입니다. 작업이 가능하시다면.

헨리에타 당연히 가능하죠. 그리고 곧 돌아갈 거예요.

피터 (편지가 아니다. 심장에 금이 가, 뭐라고 말할지 몰라 차마 말을 잇지 못하고…) 당연히 그래야죠. 그저 당신이… (조명이 어두워지고 장면 전환)

6장

헨리에타가 탁자에 앉아 사진 건판을 들여다보려고 애를 쓰고 있다. 조명도 어둡고, 필요한 장비도 없다. 마거릿이 다가온다.

마거릿   아무래도 이 상자들이 다 들어갈 서재를 만들 어야겠어.

헨리에타   미안.

마거릿   아니면 별채가 필요한가.

헨리에타   내가 다 옮길게. 너무 많지. 계속해서 보내주 고 있거든. 좋은 거지. 난 일하고 싶고, 일**해야 하니까.**

마거릿   이제 정리도 됐겠다, 슬슬 돌아가지 그래. (헨 리에타가 고개를 든다. 환희에 찬 표정이다) 그렇게 대놓고 좋아하지 마—언니 좋으라고 보내는 거 아니니까—이놈의 상자가 집에 잔 뜩 널려 있는 게 보기 싫어서 그래. 아빠도 진 작 가라고 했을걸.

헨리에타   나한테 왜 이렇게 잘해줘?

마거릿   난 천사고, 언니는 내 기도 제목이니까.

헨리에타   인정. 나 마이클 데려간다?—벌써 별자리를
세 개나 알더라고.

마거릿   그래, 유리 조각이랑 남자애. 좋은 생각이네.
(유리 건판을 하나 집어 들며) 이 작은 유리판
에 하늘이 다 들어 있다는 게 정말 놀라워. 별
로 가득하잖아. 뒷마당에서 볼 땐 그렇게 많
진 않은데. 이 유리 하나하나가 별들로 터질
거 같아.

헨리에타   성운도. (유리판을 보여주며) 여기, 또…여기.

마거릿   세상에. 저 위엔 완전히 다른 세계가 있네.

헨리에타   하나도 아니고 여러 개. 사람들이 날 보고 뭐
라는 줄 알아? **귀신.**

마거릿   귀신?

헨리에타   '별 찾는 귀신.' 프린스턴에서 제일 유명한 천
문학자가 그랬대.

마거릿   그 사람들한테 언니는 중요한 사람이야?

헨리에타   실제로 그렇지.

마거릿   이용해 먹는 거 아니고?

헨리에타   당연히 이용해 먹지. 하지만 그 별명은 일종

의 찬사야.

마거릿 　　찬사는 연애편지에 들어 있는 게 찬사고.

헨리에타 　　또 시작이다. 내가 말했잖아.

마거릿 　　어떻게 하버드에 죽치고 앉아 있으면서 괜찮은 남자 하날 못 찾아?

헨리에타 　　내가 있는 부서는 전부 여자거든.

마거릿 　　그럼 나와버려.

헨리에타 　　복잡한 사정이 있어.

마거릿 　　사정없는 로맨스는 없지. 안 그래?

헨리에타 　　뭐?

마거릿 　　로맨스?

헨리에타 　　**아냐**…아직은.

마거릿 　　아직은 아냐? 누구랑?

헨리에타 　　작곡은 어때, 잘 돼가?

마거릿 　　비밀 연애는 어때, 잘 돼가?

헨리에타 　　마지, 아무것도 아니라니까. 그냥 시시하게 끝난 시시한 이야기일 뿐이야.

마거릿 　　왜?

헨리에타 　　끝나버렸으니까. 아니면…시작한 적이 없는

건지도. 애매해.

마거릿　　미안.

헨리에타　어쨌든 내 계획엔 없었던 일이니까.

마거릿　　계획을 너무 시시하게 짠 거 아니야?

헨리에타　그러지 말고 연주나 해줘.

마거릿　　얼렁뚱땅 넘어갈 생각 말고.

헨리에타　넘어가려는 게 아니라, 기념하려는 거야.

마거릿　　언니가 날 또 떠나는 기념으로?

헨리에타　조금씩 감질나게만 들었단 말이야. 가기 전에
　　　　　　전체를 다 듣고 싶어.

마거릿　　글쎄, 뭔가 쓰고 있긴 했지―별거 아니고―그
　　　　　　냥 습작으로.

헨리에타　찬송가?

마거릿　　오페레타.

헨리에타　정말?

마거릿　　나중엔 교향곡을 쓰고 싶어.

헨리에타　세상에. 난 이렇게 생각했었거든―교향곡을
　　　　　　쓰려면 일단―

마거릿　　남자여야 한다고?

97

헨리에타   유럽 사람이고, 화가 많아야 한다고.

마거릿   전통을 거스르는 게 우리 집안 내력인가 보지. (사이. 마거릿이 씩 웃으며 피아노로 단순하고도 아름다운 곡을 연주한다. 헨리에타는 이를 감상한다. 헨리는 머리 위에 뜬 별들이 다시 반짝이기 시작하는 걸 알아차린다…별들은 마거릿의 음악에 박자를 맞춰 나타난다) 왜 그래?

헨리에타   계속해—계속—그래, **계속 연주해.** (헨리에타는 자신의 일지를 집어 들고, 정신없이 살펴보는데—) 세상에, 음악이었어.

마거릿   뭐라고?

헨리에타   **계속해.** (애니와 윌에게 편지, 조명이 비친다. 가까운 미래다)

윌러미나   헨리에타한테서 또 편지가 왔어!

애니   편지가 아니라 아예 책 한 권인데.

윌러미나   뭔가를 발견했구나.

헨리에타	이 전체가—마치 음악과도 같았던 거야.
마거릿	내 음악?
헨리에타	패턴. 그 숫자들—정확히 순서대로 정렬하면—이건—세상에, 별의 깜박임, 맥동이 음악이었어—이렇게 단순하다니. 바로 이거야!
애니	세페이드 변광성에서 패턴을 발견했대.
윌러미나	이거 봐. 맥동은 무작위가 아니었어—
헨리에타	맥동은 무작위가 아니에요. 규칙적인 패턴이 **있어요.** (위대한 발견의 순간) 가장 밝은 별이 깜박이는 데 가장 오랜 시간이 걸립니다.
애니	정말 단순하잖아.
윌러미나	난 단순한 거 너무 좋더라.
마거릿	이해가 잘 안 돼. 패턴이면 뭐가 좋은데?
헨리에타	(마거릿이 연주하는 동안) **패턴은 곧 기준이야!** 기준이 있다면, 우린 그걸로 하늘 전체에 있는 별들을 **비교 분석**할 수 있어. 우리가 볼 때, 밝기가 똑같은 두 개의 별을 보고 있다고 해도, 실제로 **더 밝은 별**이 무엇인지, **더 가까운 별**이 무엇인지 구별할 수가 없었지. 하지만

맥동을 이용하면 알 수 있어. **맥동이 해답의 열쇠였던 거야.**

마거릿 그게 음악이랑 무슨 상관이야?

헨리에타 응, 각 음을 별의 밝기라고 생각한다면, **이게** 별이 가장 어두울 때고—(헨리에타가 낮은음을 누른다) **이게** 가장 밝을 때야. (높은음을 누른다) 여기서부터—(낮은음을 누르고, 그 사이에 있는 음들을 모두 누르면서) 여기까지—(높은음을 누른다) 가는 데 걸리는 시간을 알면 **이 별의 실제 밝기**를 알 수 있고, 그걸 우리가 여기서 보는 **겉보기 밝기**와 비교하면, 그 별이 얼마나 멀리 떨어져 있는지 알 수 있고, 그 거리를 다른 별들과 비교하면, (여러 반음계를 연주한다. 몇 개는 짧고 몇 개는 길게) **그 별들끼리** 얼마나 멀리 떨어져 있는지 알 수 있고, **그 거리를** 안다면 우린—별에서 별을 건너뛰어 먼 우주까지 가다 보면… (음악—별들—음악!)

마거릿 그러면?

헨리에타 우리가 정확히 어디에 있는지 알게 되겠지.
(여기가 음악의 정점이다. 헨리에타가 별들을
바라보며, 보청기를 툭 떨어트린다. 마거릿도
별들을 본다. 애니와 윌은 보스턴에서 위대한
발견을 축하한다! 별들을 제외하고 암전)

1막 끝.

2막

1장

1910년 12월. 대형 여객선, 밤. 헨리에타가 갑판 위에 서서 보청기 없이 하늘을 올려다보고 있다. 피터가 등장해 헨리 옆에 선다.

피터　　　아름다운 밤이네요, 미스 레빗.

헨리에타　정말 그렇죠?

피터　　　(별들을 가리키며) 애들 보고 있었어요?

헨리에타　이불 속에 들어갔는데 말똥말똥하네요.

피터　　　더 얘기해봐요.

헨리에타　지금 유혹하는 거죠? 천문학으로?

피터　　　나의 가장 큰 자산이죠.

헨리에타　그럼 기억하시겠네요, 학교에서 배운 거—

피터　　　당신 뺨, 목덜미—

헨리에타　집중하세요, 학생. 별은 온도에 따라 분류되는
　　　　　　데—

피터　　　눈동자, 이거 어떡하지?

헨리에타　OBAFGKM 중 철자 하나를 붙이죠—

피터　　　어떻게 기억할 수 있을까요—암기법이 있으
　　　　　　면 좋겠는데요—거부할 수 없는 명령어 같은

	거요.
헨리에타	"오, 비 어 파인 걸, 키스—" (피터가 헨리에게 입 맞춘다)
피터	이제 기억할 수 있겠네요.
헨리에타	여기 영원히 함께 있어요.
피터	표류하면서?
헨리에타	떠다니면서.
피터	바다에서?
헨리에타	하늘에서. 언제나 하늘이죠. (피터는 기묘하게 메아리로 바뀌고…여객선이 그들 주위에서 빠르게 흩어져—)
피터	언제나.
헨리에타	그래요.
피터	하늘.
헨리에타	네.
피터	하늘을 더 보내줘요. (피터가 사라진다. 헨리에타는 혼자다)
헨리에타	뭐라고요? 피터? (보청기를 다시 끼는 동안 헨리의 꿈은 서서히 희미해진다)

윌러미나	(거리. 헨리에타의 논문을 읽으며) 하버드 천문대 회보. 소마젤란 성운에 있는 25개의 변광성 주기. 다음 진술은 헨리에타 레빗 양이 작성했다. 소마젤란 성운의 변광성 중 59개는 1904년에 임시적인 등급 척도를 사용하여 측정되었고, 그중 17개의 주기는 밝기가 천천히 감소하고 대부분의 시간 동안 최솟값에 머물러 있으며, 이후 최댓값까지 매우 빠르게 증가한다. 표1은 총 25개의 주기를 길이 순서대로 나열한 것이다. 세페이드 변광성의 밝기와 주기 사이에는 간단한 관계가 성립한다. (퇴장. 헨리에타가 천문대로 들어온다)
헨리에타	(현장 점검을 나온 피터를 보고) 피터!
피터	(뒤돌아보며) 네? 아, 미스 레빗, 안녕하세요.
헨리에타	안녕하세요.
피터	돌아왔군요.
헨리에타	네, 아주.
피터	아, 네. 복귀 환영합니다. 그리고…당신이 한 조사, 잘 읽었습니다. 패턴이요. 아주 좋았어

요. 일합시다.

헨리에타   알아내기까지 한참 걸렸지만, 결국엔 우리 모두의 성과로 돌아왔죠.

피터   공을 나누다니 친절하시네요. **당신** 혼자서, 밤마다 연구하는 걸 본 기억이 있는데요.

헨리에타   (당황하며) 그랬죠, 대부분은.

피터   죄송하지만 이만 가봐야겠네요. 복귀 환영합니다. 다음 물량도 곧 보내주세요.

헨리에타   물량이요?

피터   세페이드 변광성이요. 당신이 귀신같이 찾아내는.

헨리에타   아, 그렇긴 하죠. 그런데—

피터   최우수 컴퓨터가 돌아왔으니, 피커링이 기뻐하겠네요. 좋은 하루 보내세요.

헨리에타   잠깐만요.

피터   지금 얘기할 시간이 없어서요, 미스 레빗.

헨리에타   하지만 발표된 거 아직 내 눈으로 못 봤는데요, 그리고 이젠 계산이 아니라 진짜 연구를—

피터	대장님과 논의해보시죠, 전 수업이 있어서.
헨리에타	강의하세요? 잘됐네요.
피터	대학이니까요.
헨리에타	피터.
피터	미스 레빗. (그녀가 다가선다) 그만.
헨리에타	뭘 그만 해요?
피터	미안합니다, 가볼게요.
헨리에타	난 우리가—
피터	미스 레빗, 지금은 진짜 얘기할 수 없어요. 미안합니다.
헨리에타	너무 긴 시간이었다는 거 알아요.
피터	**그래요, 긴 시간이었죠.**
헨리에타	금방 돌아올 수가 없었어요, 노력했어요. 했죠. 하지만 상황이 복잡했어요.
피터	(참았던 감정을 표출하며) **몇 년씩이나 복잡했나요?** (다시 감정을 삼키며) 미안합니다. 우린 이제 더는—가 봐야겠네요.
헨리에타	피터.
피터	이만 실례합니다.

헨리에타 답장을 **안** 보낸 건 **당신**이잖아요.

피터 글쎄요, 상황이 복잡했으니까요.

헨리에타 네, 시간과 공간도 복잡했죠—나도 알아요—
하지만 그 숫자들 속에서 내가 진리를 발견했
을 때, 늘 바라왔던 그 감정을 마침내 느꼈을
때, 난 당신을 생각했어요. 왜냐면 당신은 그
걸 이해하니까. 그렇게 생각했죠. (피터가 헨
리에게 가까이 다가온다. 아직도 헨리를 사
무치게 사랑한다. 사이—거의 말을 꺼내려다
가—헨리도 말을 꺼내려는데⋯)

윌러미나 (불쑥 들어와서 헨리에게 저널을 건네며) 이
런 건 느낌표를 의무적으로 붙여서 내보내야
하는 거 아닌가. 당신이 여기까지 어떻게 왔
는지 난 아니까, 너무 감격스럽네. 주먹을 깨
물면서 읽었다니까. (헨리를 꼭 껴안으며) 잘
왔어요. 이거 봐요. (소리 내어 읽으며) "헨리
에타 레빗의 '주기—광도 관계'"—여기!—"세
페이드 변광성의 밝기와 주기 사이에는 간단
한 관계가 성립한다." 하! 이제 이론까지 발

110

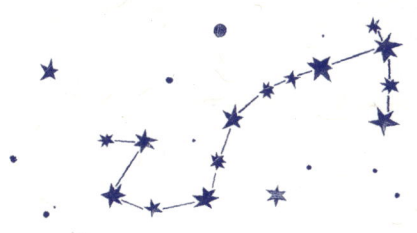

표하신 분인데, 당당하게 좀 서 보라고요. (사이, 피터에게) 말 좀 해봐요, 이게 얼마나 대단한 발견인지.

피터   의미 있는 일이죠. 피커링 대장님과 다른 학자들이 관련 연구에 돌입했으니 더더욱이요.

윌러미나   '다른 학자들'은 이거랑 전혀 상관없는데요.

피터   제 말은 다른 학자들이 이걸 적용하기 시작했으니—진보할 거라는 겁니다. 장담하죠.

윌러미나   진보가 코앞에 있어도 모를걸.

피터   뭐라고요?

윌러미나   질투가 나는 건 이해하는데—

피터   **질투하는** 거 아닙니다.

윌러미나   아, 그럼 당신 앞에 있는 건 **내가** 아닙니다만.

헨리에타   복귀했으니 대장님한테 계속 연구를 진행한다고 얘기해야겠네요. 아니면 세페이드 변광성에만 집중된 프로젝트를 시작할 수도 있겠고—

피터   우리가 벌써 시작했어요.

헨리에타   시작했군요. 그럼 나도 참여할게요.

피터	당신은 천문학자가 아니잖아요.
헨리에타	당연히 천문학자죠.
피터	학위가 없잖아요.
헨리에타	그럼 따면 되죠.
피터	당신 일은 누가 하고요?
헨리에타	**이게** 내 일이에요.
피터	아니에요.
헨리에타	내 일이에요!
피터	더는 아니에요.
헨리에타	**피터.**
피터	**미스 레빗,** 훌륭한 일을 해냈어요. 그만하면 충분합니다.
헨리에타	아뇨! 이 연구의 영향력은—충분히 많은 걸 바꿀 수 있고—
피터	**그냥 패턴일 뿐이에요, 미스 레빗. 혁명이 아니라.** (진정하고, 미안해하며) 물론 우리 모두 당신의 기여에 감사해요. (긴장이 흐른다. 사이)
윌러미나	당신, 정말 개자식이야.

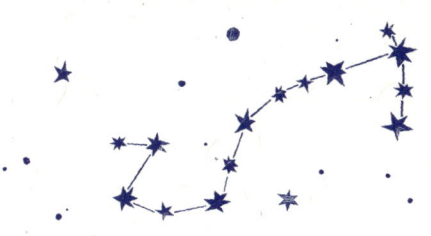

피터   언성을 높여서 미안합니다.

윌러미나   **꺼지라고.**

피터   그렇게 못 하겠습니다.

윌러미나   **더는 자극하지 말고.**

피터   그동안 내가 이 부서를 얼마나 참고 견뎌줬
는데―미스 캐넌은 어디 갔죠? 네? 자리를 **또**
비웠군요.

윌러미나   여기 있으면 토할 것 같아서 나갔어. 당신 때
문에.

피터   우리 다 그녀가 어디 갔는지 알잖아요. 거리
로 나갔겠죠―**학교에 민폐 끼치러.**

윌러미나   그래, **민폐** 끼치러 나갔다. 그러는 당신은 단
하루라도 뭐가 됐든 **기여**란 걸 한 적이 있기나
해? 우리 중 **누구도 당신**이 우릴 어떻게 생각
하든 **전혀** 신경 안 써.

피터   이만 가보죠.

헨리에타   칼이 기다리는 집으로요? 닥스훈트?

피터   아내한테요. (헨리에타가 유리 건판을 떨어
뜨리자, 유리에 금이 간다. 정적) 망가졌네요.

(피터가 발걸음을 옮기다—멈춰서—사과하려
다—하지 않는다. 피터가 나가고, 정적이 흐른
다. 윌러미나, 깨진 유리 건판을 치우며)

윌러미나 피커링 대장이 의자를 새로 바꿔준대.

헨리에타 그건…그건 정말…

윌러미나 헨리, 우린 관점을 연구하는 사람들이잖아요.
당신은 알잖아. 근본적으론 구분하기 힘들다
는 걸. 어떤 물체가 정말로 크고 밝은지, 아니
면 단지…가까이 있을 뿐인지.

헨리에타 무슨 말씀이신지 모르겠어요.

윌러미나 인간의 마음이 별이라면 그 망할 점들을 다
이어버릴 수 있을 텐데.

헨리에타 실은 아무것도…구체화된 건 없었어요.

윌러미나 있었다는 게 아니라, 그냥…마음과 별들은, 눈
을 멀게도 만드니까. (잠시 정적)

헨리에타 (피터 얘기를 하는 건지, 세페이드 변광성 얘
기를 하는 건지?) 이 모든 게 무슨 의미가 있
는지 어떻게 알 수 있을까요? 아는 방법이 있
나요? 그걸 알고 싶어요.

윌러미나　알 수 없어요. 그러니까 어떠한 경우에도 의
　　　　　심에 빠지면 안 돼요, 빠져 죽을 수도 있으니
　　　　　까. 돌아온 걸 보면 애니가 엄청 기뻐하겠다.
　　　　　시위에서 돌아오는 길일 거예요. 요즘 아주
　　　　　흥미진진해요. 동지들이 애니한테 어깨띠를
　　　　　줬는데 그걸 무지 좋아한다니까. 두 사람 다
　　　　　이 나라의 변화를 이끌고 있네요. (사이. 애니
　　　　　가 들어온다) 마침 오네요… (애니에게) 누가
　　　　　왔는지 봐, 애니.

애니　　미스 레빗.

헨리에타　미스 캐넌.

애니　　돌아왔군요. 환영해요.

헨리에타　다시 보니까 정말 좋네요. (애니를 껴안는다)

애니　　당신, 정말이지, 당신 발견에 대한 반응들이
　　　　　뜨거워요.

헨리에타　애니 말이 맞았어요. 해답은 그 안에 있었어
　　　　　요.

애니　　그럼 앞으론 아무도 내 말 의심하지 않는 겁
　　　　　니다?

윌러미나	(헨리에게) 봤죠? (애니에게) 행진은 어땠어? 난 여기서 자길 위해 싸웠는데.
애니	뜻깊었지만 빈손이네요. 이런 일이 늘 그렇지.
윌러미나	어깨띠도 둘렀고?
애니	운동가의 훈장이지. (서프러제트 띠를 보여주며—"여성에게 투표권을!") 아주 온 거 맞죠? 그럼 이번엔 새로운 일 해볼래요? 초신성은 어때요?
헨리에타	전 세페이드 변광성에 집중해서, 계속 연구하고, 쭉 따라가보고 싶어요.
애니	어디까지?
헨리에타	어딘가…진리가 있는…곳으로요.
윌러미나	발견하면 빨간색으로 크게 X 표시.
헨리에타	**우리가 가장 큰 진리를 구하지 못한다면, 우리의 삶은 도대체 어디에 써버린 거지? 그게 다 무슨 소용이지?** (천문대가 점점 멀어지면 헨리에타는 어느새 다른 장소에 와 있고…피터가 등장한다. 강의 중)

116

피터	지금 이 시대의 가장 논쟁적인 우주적 질문을 꼽자면—
헨리에타	다 무슨 '소용'이지?
피터	'유니버스universe', '우주'란 무엇인가? 이 질문 자체가 한정된 크기를 상정하고 있죠—우린 갇혀 있어요—
헨리에타	우린 갇혀 있어—
피터	이 행성에.
헨리에타	이 삶에. 그리고 우리의 관점은—
피터	우리의 관점은—
헨리에타	우리 안에 머물러 있나?
피터	불완전합니다.
헨리에타	잊고 살아온 걸지도 몰라—
피터	그러므로—
헨리에타	사는 법을.
피터	우리에겐 측정할 방법이 부족합니다. 우리는 여전히 궁금해하고만 있습니다. 그래서 이 모든 것은 얼마나 큰가? 이건 핵심 질문으로 이어집니다—이 모든 것이 우리은하 안에 담겨

	있는가, 아닌가?
헨리에타	담겨 있나, 아닌가?
피터	우리가 보는 것이—
헨리에타	우리가 보는 것이—
피터	우주 전체인가?
헨리에타	전체? 아니, **아니야.**
피터	당연하죠. (헨리에타는 충격을 받는다. 헨리는 이제 강의실 뒤쪽에서 그의 강의를 듣고 있다) 나는 우리은하가 정확히 우주 전체라고 봅니다. 그보다 더 큰 존재도, 다른 어떤 공간도 존재하지 않습니다. 어떻게 있을 수가 있겠어요? 그게 가능하려면 별들이 수천 광년 떨어져 있어야 합니다. 어떤 별도 그렇게 멀리 떨어져 있을 수 없습니다. 쉽게 말해, 우주는 그렇게 광활하지 않습니다. 또한 인간의 깊은 경이를 불러일으키기 위해 더 광활해질 필요도 없습니다. 여기까지 하죠. (헨리에타가 피터에게 곧장 걸어간다)
헨리에타	교수님.

피터	강의실에 있었어요?
헨리에타	어떻게 우주가 '그렇게 광활하지 않다'고 말씀하실 수 있어요? 어떻게 그런 말을 하죠?
피터	천문학자 대다수가 그렇게 생각하니까요.
헨리에타	아뇨, 그렇지 않아요.
피터	주요 학자들은 그렇게 생각합니다.
헨리에타	당신한테 이 강의를 준 사람들이 그렇게 생각하는 거겠죠.
피터	연구 논문을 보면—
헨리에타	이미 봤어요. **내 연구 결과**랑 맞아떨어지죠.
피터	봤다니 알겠네요. 달리 생각할 여지가 없다는 걸.
헨리에타	당신이 뭐라고 생각하든 우주는 신경조차 안 쓴다는 게 참 다행이네요. 아니, 내가, 뉴턴이, 케플러가 뭐라고 생각하든, 우주는 멈추지 않고 나아가죠. 한 치 앞도 못 보는 자들이 따라오기만을 기다리면서. 바로 당신 같은 사람들이요. (나가려다가, 다시 돌아와서) 당신이라고.

피터	헨리에타.
헨리에타	**미안하지만 갈게요. 난 가야 해요—난 늘 가야 한다고요—**
피터	헨리에타, 제발.
헨리에타	**왜요.** (피터가 헨리를 붙잡고, 주변에 사람이 없는지 확인한다)
피터	유럽에서 돌아왔을 때, 아버지는 결혼하기 적당한 때라고 판단하셨어요. 지금 아내가 좋은 배우자감이라고도요. 난 그때 뭐가 어떻게 돌아가고 있는 건지 몰랐고, 아내는 거의 모르는 사람이나 다름없었죠. 내가 왜 그랬는지 모르겠어요. 그래요. 당신을 보고 있기가⋯너무 힘드네요.
헨리에타	그렇게 힘들었다니 유감이네요.
피터	그런 뜻이 아니에요. 우리 얘기 좀 해요.
헨리에타	아뇨, 못 해요.
피터	왜요?
헨리에타	왜냐면, 내일 여객선이 뜨거든요. 유럽으로. 방금 그 배를 타기로 결정했어요. 왜냐하면

바다에서 보는 별은 놓치면 안 된다고 누가
말해줬거든요. 난 더 이상 어떤 것도 놓치고
싶지 않아요. 어떤것도. 특히 그 선상에서 먹
는 랍스터.

피터   그거…참…잘됐네요. 하지만—잠깐만요. 내
가 말하고 싶은 건—꼭 말하고 싶은 건…당
신 발견이 **얼마나** 중요한지 알아요. 당신이 **정
말**…자랑스러워요.

헨리에타 고맙습니다. (잠깐 응시하다가…장면이 전환
되며 피터가 함께 사라진다)

2장

밤, 여객선을 타고 있는 헨리에타. 혼자 있다. 주변 사람
들의 소리, 배의 소음. 그녀는 완전한 행복을 만끽한다.
이건 현실이다…꿈이 아니라. 하늘을 올려다본다. 마거
릿에게 편지를 쓴다.

마거릿 "마지에게. 이 밤하늘을 담아서 네게 보여줄
수 있다면 얼마나 좋을까. 아니다, 그렇게 완
벽한 사진은 발명되지 않았으면 좋겠어. 그러
면 이 의미가 사라지니까."

피터 "친애하는 피터 쇼, (멀리서 피터도 헨리에타
가 보낸 편지를 읽는다) '뭐가 어떻게 된 걸
까?' 바다를 바라보며, 나는 생각합니다." **진
정으로 살아 있기** 위해선 난 해답이 필요하다
고 생각했어요. **알아야** 한다고. 하지만 사실
이 모든 건 누군가 **알아내주길** 기다리진 않아
요. 그저 존재할 뿐. 안 그래요? **우리가** 하나
씩 알아가야 하는 거죠.

헨리에타 진짜 중요한 건…더 큰 무언가를 본다는 것,
운이 좋다면, 우리가 그것의 작은 일부임을

안다는 것에 있으니까. 그렇다면 잘 살았다고 말할 수 있겠지. 감사하게도 저 바깥세상엔 우리보다 큰 존재들이 너무도 많으니까. 돌아가면…해야 할 일이 있으니까. 곧 만나. (피터와 여객선이 시공간 너머로 사라지고…헨리에타는 거대한 배를 타고 귀국한다. 마지가 손을 크게 흔들며 언니를 맞는다)

마거릿   (동시에) 언니 왔다!

헨리에타   (동시에) 언니 왔다! (자매가 긴 포옹을 나눈다)

헨리에타   마지! 너무 보고 싶었어. 보스턴에 온 걸 환영해.

마거릿   언니도. 잘 왔어. 어땠는지 다 말해줘.

헨리에타   파리는 모두의 상상에 **완벽히** 부합하는 곳이고, 런던은 그냥— (헨리에타가 비틀거리다, 주저앉아, 배를 움켜쥐고 고통스러워한다)

마거릿   언니, **언니.**

헨리에타   괜찮아.

마거릿   안 괜찮잖아. 어디 아파?

헨리에타	아무것도 아니야. 이러다 말 거야.
마거릿	아무것도 아니라고? 집에 왔었어야지, **당장**.
헨리에타	며칠 안 좋았을 뿐이야.
마거릿	이 세상엔 의사라는 게 있어.
헨리에타	런던에서 진료받았어.
마거릿	지금 당장 다시 받아.
헨리에타	마지, 싫어—
마거릿	짐은 나중에 풀고.
헨리에타	곧장 하버드로 갈 거야—
마거릿	언니는 나랑 같이 위스콘신으로 돌아가야 돼—가서 쉬어야—
헨리에타	일해야지—일하고 싶어—
마거릿	그만! 일은 나중에 해도 돼. 시간 있잖아.
헨리에타	**없어.** (사이. 마거릿을 바라보는 헨리에타의 표정이 진지하다)
윌러미나	잠깐, 저기 보인다!
애니	헨리에타! 저기 보이네.
윌러미나	내가 말했잖아. 저 사람 맞다고. 헨리에타!
헨리에타	세상에, 여긴 웬일이에요?

애니	여긴 웬일이냐고요? 당신 동생한테서 들었죠. 드디어 돌아온다고.
윌러미나	돌아와서 우릴 구해줘야죠.
애니	맞아요. 자, 해야 할 일이 산더미처럼 쌓여 있어요.
윌러미나	(마거릿에게) 안녕하세요. 윌러미나예요.
마거릿	마거릿이에요. 안녕하세요.
헨리에타	아, 여긴 내 여동생 마지예요. 만난 적 있는 거 같은데.
마거릿	처음 뵙는데, 얘기를 워낙 많이 들어서— (애니가 마거릿을 애니답지 않게 꽉 껴안는다)
애니	당신이 여동생이군요! 얘기 많이 들었어요!
마거릿	어머나.
윌러미나	겁먹었잖아, 애니.
애니	아, 그랬다면 미안해요.
윌러미나	헨리에타 말로는 아들이 있다면서요?
마거릿	맞아요. 키는 자기 아빠만 한데, 두 배는 더 착해요.
윌러미나	아유, 그렇구나.

마거릿   손주 못 볼 걱정은 없다고나 할까요.

윌러미나   나한테 보내면 교육을 아주 철저히 해줄 수 있을 텐데.

애니   자, 여러분. 프린스턴에서 초기 그래프가 왔는데, 그걸 봐줄 눈이 필요해요.

헨리에타   내가 할게요.

마거릿   잠깐— (애니에게) 언니 몸 상태가 좀 안 좋아서요.

헨리에타   문제없어. 당장 복귀하고 싶었다고.

애니   아프다고?

헨리에타   아뇨.

마거릿   **네,** 방금도 거의 쓰러질 뻔했어요—언닌 지금 아파요—그리고 제가 봤을 때—

헨리에타   **내가** 괜찮다잖아. 내 일은 여기 있어. 내 삶도 여기 있고, 내게 주어졌던 모든 기회도. 여기 있어. (사이)

마거릿   그럼 나도 여기 있을래. 나 떼놓지 마.

윌러미나   나도 떼놓지 마.

애니   원할 때면 집에서 일해도 좋아요. 그러니 평

소처럼 일하지 못할 이유는 전혀 없죠.

헨리에타   고마워요. 제정신이 아닌 여성 분들. (작은 통
증이 다시 오자, 마지에게 기댄다)

윌러미나   (부축하며…) 자, 자.

애니   가방은 내가 들게요.

마거릿   우리만 믿어. 우리 다 여기 있어. (헨리에타를
부축해 걸어간다. 장면 전환)

3장

애니가 사무실에서 건판을 모으고 있다. 피터가 들어온다.

피터 실례합니다만, 미스 캐넌.

애니 오늘은 안 되겠는데요, 미스터 쇼.

피터 얘기 들었어요, 헨리에타―미스 레빗, 아프다
면서요? 얼마나 아픈가요? 지금은 좀 어때요?

애니 버티고 있어요. 집이 바로 요 앞이라 거기서
일하고 있고. 아시겠지만, 오랫동안 주저앉아
있는 사람은 아니잖아요.

피터 지진이라도 난다면 모를까요.

애니 그러니까요. (사이)

피터 (편지를 건네며) 전해주시겠어요? 실례를 무
릅쓰고 주치의에게 문의했더니 도와주겠다고
답이 왔어요…그녀는 이런 부탁 절대 안 했을
테지만 날 봐서 진료를 받아보라고 얘기해 주
세요.

애니 (두 사람이 처음으로 깊이 교감하는 순간) 그
럴게요. 고마워요, 정말…고마워요. (애니가
피터의 손을 잡고, 악수한다. 적어도 이 순간

만큼은, 두 사람은 동등한 입장이다. 장면 전
환)

4장

수년 뒤. 1918년경. 헨리에타는 케임브리지에 위치한 작은 집에서 마거릿과 함께 있다. 의자에 앉아 담요를 두르고 있다.

마거릿　　오늘 인구조사 설문지가 왔어. 작성하기 시작했는데, 언니 직업을 뭐라고 적어야 할지 모르겠어.

헨리에타　천문학자가 내 직업이야.

마거릿　　알겠어.

헨리에타　**천문학자.**

마거릿　　큼지막하게 적어줄게. 오늘은 좀 어때?

헨리에타　제일 견디기 힘든 게 뭔 줄 알아? 가만히 앉아 있는 거.

마거릿　　언니답네. 아픈 건?

헨리에타　오늘은 나쁘진 않아.

마거릿　　그래도 쉬는 건 싫다?

헨리에타　억지로 쉬라고 해놓고 편하게 쉬기를 바라면 안 되지.

마거릿　　신문이라도 읽을래?

헨리에타 전쟁 소식은 이제 더는 못 보겠어. 천문학 회
        보 온 건 또 없어?

마거릿   언닌 사람들이 세계대전 때문에 별들을 사소
        하게 취급한다고 생각하지.

헨리에타 넌 내가 별들 때문에 세계대전을 사소하게 취
        급한다고 생각하지? 이렇게 무력감을 느낀 건
        처음이야.

마거릿   언니는 무력하지 않아.

헨리에타 내가 편지를 얼마나 많이 쓰는데 아무도 답장
        을 안 해. 이 동료라는 인간들이 전부 내 연구
        를 가져다 쓰면서, 나는 그 근처에 얼씬도 못
        하게 한다고. 쓸모없어. 무력해.

마거릿   화가 나셨네.

헨리에타 적절하게 화를 낼 줄 아는 게 **삶**의 핵심이지.
        난 뭐가 진리인지 알고 싶을 뿐이야. 대체 **그
        게** 뭔지. 그 목록이 아주 길까? 나도 알아. 알
        길이 없다는 거. 알지 못한다는 걸 알게 되면
        어떻게 될까? **그건** 또 무슨 의미지?

마거릿   우린 모두 무력한 존재라는 의미겠지. 고독하고. 연결되지 않은 모든 걸 언니 혼자서 연결할 순 없으니까. 아니면 이런 의미일까. 지금 당장은 언니가 사람들에게 중요한 인물인지 아닌지 알 수 없고, 미래에 중요한 인물이 될지 어떨지도 알 수 없지. 하지만 언니는 **이미** 연결되어 있고 **이미** 중요한 사람이야. 왜냐면 인간이 이룬 일은 그 사람보다 오래 버티곤 하니까. 때론 말이야. 내 말이 도움이 돼? 아니면 마음 아픈 소린가?

헨리에타 구분이 안 가네. 하지만 고마워. 그리고…설명하고 싶은 게 있는데.

마거릿 설명하려고 해봤잖아. 근데 내가 너무 바보라서 못 알아들었고.

헨리에타 별 말고 다른 거…영혼.

마거릿 언니.

헨리에타 네가 그 문제로 걱정하는 거 알아. 그치만 나한테 믿음이 전혀 없다고 생각하지 않았으면 좋겠어. 나도 믿어. 좀 다른 종류의…믿음일 뿐…위대한 발견에 대한.

마거릿   그게 위안이 돼?

헨리에타   그건⋯섬광 같아. 위안이 돼. **나의** 천국? 아름
         다운 진공, 깊은 우주야.

마거릿   진공?

헨리에타   암흑으로 가득한 곳—

마거릿   **전부** 암흑은 아니겠지—

헨리에타   완벽한 연소의 흔적이 있는.

마거릿   하지만 별들은—

헨리에타   뜨거운 가스, 외롭고—

마거릿   외로우면 안 되지—

헨리에타   광활하고, 공기 없는—

마거릿   공기가 없으면 어떡해—

헨리에타   깊고, 드넓고, 어두운—

마거릿   그만, 이제 됐으니까 **그만.** 좋아, 우리가 이런
         얘길 터놓고 하진 않지만⋯그럼 **내** 천국은 어
         디 간 거지?

헨리에타   어디 간 게 아닐지도.

마거릿   언니.

헨리에타   내가 먼저 갈 테니까, 나중에 누구 말이 맞는

지 알려줄게. (사이. 긴장감이 흐른다. 마거릿이 자리를 뜨고, 다시 돌아온다)

마거릿 그런 말 하면 안 되지, 나한텐.

헨리에타 그 부분에 대해선 이미 받아들였어.

마거릿 난 아냐. 다른 부분은 또 뭔데?

헨리에타 의미를 갖는다는 건 뭘까?

마거릿 언니는 내 전부야. 언니는 나한테 그런 의미야.

헨리에타 너한텐 아이들도 있고, 음악도 있고, 넌…교회를 좋아하잖아.

마거릿 우리 둘을 비교하면 안 되지.

헨리에타 너한텐 일상이 있잖아.

마거릿 그리고 언니는 업적을 남겼고.

헨리에타 끝내지도 못한 업적.

마거릿 업적이 **그런** 거지. 내가 보기엔, 이건 어디까지나 내 생각이야, 언닌 이미 하나님께 물었고, 이미 응답하셨어. 그게 바로 대부분의 사람에게 의미가 가지는 의미야. (초인종 소리) 자, **약 먹기 전에 어서 편히 쉬라고.** (마거릿이

자리를 뜨고, 헨리에타가 잠깐 앉아 있는다. 곧 마거릿이 돌아온다) 편지 왔는데 볼래?

헨리에타   그래. (마거릿이 편지의 정체를 공개한다. 애니와 윌러미나다. 애니는 바지를 입고 있고, 마거릿이 이를 보고 흠칫한다)

마거릿   편지 배달부도.

애니   헨리에타.

윌러미나   자기야.

애니   마거릿! 헨리를 이렇게 편안하고 가까운 곳에 있게 해줘서 다시 한번 고마워요. 코앞에 헨리가 있다는 게 얼마나 위안이 되는지. 신입들이 들어왔는데, 성격하며, 옷차림하며.

마거릿   (애니가 입은 바지를 쳐다보며) 옷차림이요.

애니   신발을 보면 기도 안 찰걸요.

마거릿   그렇겠죠.

윌러미나   오늘은 좀 어때요?

헨리에타   괜찮고, 지루하고, 화가 나요.

윌러미나   곧 끝날 거야.

마거릿   애기들 나누시고요. 저녁 준비를 해야겠어요.

두 분 다 식사 같이 하시죠.

윌러미나 잠깐, 할 말이 있어요.

헨리에타 뭔데요?

애니 소식이 있어요.

윌러미나 아주 좋은 소식.

헨리에타 무슨 소식인데요, 애니? **말해줘요.**

애니 항성 측광학장이 되셨어요, 미스 레빗. 피커링
대장님이 나보고 소식 전하라고 보낸 거예요.

헨리에타 세상에.

마거릿 언니!

애니 봉급 인상도요.

윌러미나 25센트.

헨리에타 (애니에게) 항성 측광학장이요? 하지만 그건
애니여야죠.

애니 난 이제 수석 큐레이터예요. 모두 쭉쭉 올라
가고 있어요.

윌러미나 우람한 떡갈나무처럼!

마거릿 정말 잘됐네요. 축하드려요.

애니 큰 영광이죠, 헨리에타 학장님.

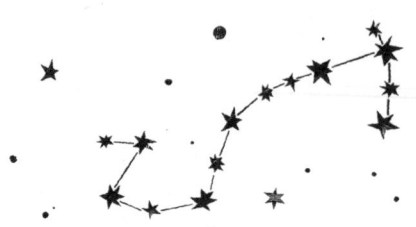

윌러미나   인류의 깊은 지성에서 뿜어져 나오는 용암처럼, 뜨겁고 위대한 찬사가 터진다.

애니   체제에 변화가 일어나고 있어요. 선례, 미래를 위한.

윌러미나   아이고.

애니   그리고 이걸 가지고 **실질적으로** 맞선다면—

윌러미나   여기서 팜플렛 등장!

애니   우린 더 큰 변화를 만들 수 있어요. (팜플렛을 돌린다)

헨리에타   이게 다 뭐예요?

애니   동료 여성 분들, 우리에겐 투표권이 필요해요. 평등을 위해— 다 함께 일어섭시다!

윌러미나   (동시에) "다 함께 일어섭시다!" 외워버렸다.

마거릿   아, 전 딱히—

애니   하늘에 체계를 세울 수 있다면, 정신에도 세워서 미래를 선택할 수 있어야죠.

윌러미나   애니가 일 년 전에 연설을 들은 게 있거든요. 거기서—

애니   이런 게 민주주의잖아요? 아닌가요?

윌러미나　애니는 이제 애국자예요.

애니　**진정한** 애국자죠. "우리 국민은", 헌법에도 그렇게 쓰여 있잖아요, 아닌가요?

윌러미나　그렇죠.

애니　그렇죠! 워싱턴 D. C.에서 다음 달 행진이 있어요. 같이 가요. 두 사람 다. (사이)

마거릿　잘 읽을게요, 팜플렛.

윌러미나　참 멋진데요, 팜플렛.

마거릿　저녁은 꿀을 바른 햄이에요. 준비해야겠어요.

헨리에타　고마워.

윌러미나　나도 가서 알짱대야겠네요. (마거릿과 윌러미나가 퇴장한다)

애니　컴퓨터들이 새로 들어왔어요. 언제 한번 사무실에 들러요.

헨리에타　거짓말 아니고, 얼마나 가보고 싶은지 모를 거예요.

애니　내가 뭘 도와주면 될까요?

헨리에타　연구를 보고 싶어요—누구 연구든, 내 연구와 관련 있는 거라면 뭐든. 각종 회보는 모조리

읽고 있어요. 연락할 만한 모든 사람한테 편지를 보내고 있고요. 그 사람들이 뭘 보고 있는지 알고 싶어요. 내가 직접 연구할 수 없다면—아주 사소하고 작은 정보라도—정말 작은 정보여도 괜찮아요—난 알아야만 해요.

애니　당연하죠. 사람들한테 말해서 조사하도록 할게요.

헨리에타　고마워요. 내게 남은 건 시간뿐인데, 시간은 내 편이 아니네요.

애니　시간은…끈질기고 상대적이죠.

헨리에타　네.

애니　하지만 빛은, 그 속력은 변함없이 일정하다. 이 우주에서 몇 안 되는 변하지 않는 거요. 그냥 알아둬요. 난 당신을 그 빛으로 측정하기로 했으니까. (사이. 헨리에타가 사진 건판을 향해 손을 뻗는다. 극심한 고통 탓에 좀처럼 잡지 못한다. 피터가 들어온다. 숨을 헐떡이며, 기쁨과 흥분으로 가득한 표정이다. 여객선에 함께 가자고 청할 때 이후로 이런 그의 모

139

습은 처음이다)

피터   미스 레빗—안녕하세요—

헨리에타   미스터 쇼?

피터   맞아요—알고 있습니다—집까지 찾아오다
          니—하지만 꼭 만나야겠어서.

헨리에타   왜요? 무슨 일이에요?

피터   **새로운 연구가 발표됐습니다.** 과장이 아니
          라—이게 모든 걸 바꿀 거예요. 당신한테 제
          일 먼저 알리고 싶었습니다.

헨리에타   무슨 말인지, 왜 여기 왔는지 차근차근 말해
          봐요. 이분들이 다 듣고 있을 거라는 것도 알
          고 계시고요.

피터   실은 집 주소를 정확히 몰라서 저분들 따라왔
          어요.

윌러미나   우릴 따라왔다고? 저 인간을 아주 그냥— (실
          랑이가 벌어지고, 윌이 끌려 나간다)

피터   그게 중요한 게 아니라. 중요한 건, 내가 오늘
          받은 게—실은, **당신한테** 온 거예요. 이젠 다
          내 사무실로 오더라고요.

헨리에타 뭐가요?

피터 동료들이 당신한테 보낸 편지요.

헨리에타 나한테요?

피터 전달된 줄 알았는데요.

헨리에타 **아뇨, 전혀요.** 이렇게 가까이 사는데. 그동안 바깥에서 무슨 일이 벌어지는 건지 알아내려고 내가 얼마나 애를 썼는데요.

피터 미안해요.

헨리에타 얼마나 애썼는데.

피터 중요한 건, 오늘 아침에, 헤르츠스프룽—그 왜, 덴마크 사람이요.

헨리에타 수염 덥수룩한?

피터 맞아요. 그 사람이 당신 연구를 활용해서 세페이드 변광성까지의 거리를 측정했어요. (사이)

헨리에타 **내** 세페이드요?

피터 네, 소마젤란 성운에 있는 거요.

헨리에타 그 사람이 측정한 게…내 세페이드 변광성까지의 **실제** 거리라고요?

피터	이건 우리은하 바깥 천체까지의 거리를 측정한 최초의 사례가 될 거예요.
헨리에타	그렇단 말은, 우리은하 바깥에 **뭔가 있다는** 거군요.
피터	(편지를 보여주며) 맞아요. 이게 그 증거죠. 우주가 **정말로** 광활하다는 증거.
헨리에타	어떻게 밝혀냈죠?
피터	태양을 기준점으로 통계 시차를 활용해 **당신** 데이터를 기울기로 집어넣어서…그렇게 밝혀졌죠.
헨리에타	와, 정말 쉽게 들리네요.
피터	하지만 당신 연구가 없었다면 불가능했겠죠. 그 덕분에 도약한 거예요. 이제 우린 표준 측정법을 갖게 됐어요. 새로운 기준이 만들어진 거라고요. 참, 또 다른 사람이 계속 편지를 보내왔어요. 허진스?
헨리에타	허진스…혹시 허블?
피터	아! **허블.** 맞아요.
헨리에타	피터, 그래서 내 별들은 얼마나 멀리 떨어져

142

있나요?

피터	수백만 광년이요.
헨리에타	세상에.
피터	믿어지지 않죠.
헨리에타	그렇다면, 우리은하가 여러 은하 중 **하나일 수 있다**는 거네요.
피터	어쩌면 아주 많을지도…수십억 개일 수도 있죠. (사이. 흥분의 도가니)
헨리에타	그럴 줄 알았어, 내가.
피터	그래요, 알고 있었죠.
헨리에타	당신은 완벽하게 틀렸어요.
피터	맞아요. 하! (사이. 헨리를 향해 돌아본다. 다른 기류가 흐른다. '언제나 당신을 사랑했어요' 하는 느낌으로) 당신을 안다는 게 너무 자랑스러워요. (헨리에게 포장된 어떤 물건을 건넨다) 이거, 당신 책상 밑에 있던 건데 새로 온 사람이 발견했어요. 드려야 할 것 같아서.
헨리에타	이건 아버지가 나한테 보내줬던 책인 것 같은데?

피터	안 열어봤어요?
헨리에타	너무 바빴거든요. 또, 실은⋯면목이 없어서⋯ 그랬던 것 같네요. (헨리에타가 포장을 뜯자, 책이 나온다. 시집이다) 시집이네요.
피터	그래요? (헨리가 피터에게 책을 보여준다) 월트 휘트먼. 시에 표시가 돼 있네요. (마거릿이 들어온다. 눈에 띄지 않게)
피터	"박식한 천문학자의 강연을 들었을 때, 증명과 숫자가 내 앞에 나열될 때, 더하고, 나누고, 측정하는 도표와 도형을 바라볼 때, 찬사를 받는 천문학자의 가르침을 강의실에 앉아 들을 때, 어찌 그리 빨리, 알 수 없는 이유로, 지치고 질리던지,
헨리에타	자리에서 일어나 그곳을 빠져나와 나 홀로 거닐며, 신비로이 습기 찬 밤공기 속, 이따금 한 번씩, 완전한 고요 속의 별들을 올려다보았네." (사

144

이)

마거릿   그러니까, 침입자는 아닌 거죠? 윌러미나 반
응을 보니까 걱정이 돼서요.

헨리에타   마지, 이분이 바로 피터 쇼야.

마거릿   **그** 피터 쇼라고요?

피터   만나서 반갑습니다.

마거릿   저녁 드시고 가실 건가요?

피터   아, 아뇨, 어떻게 제가—

마거릿   그래도 드시고 가셔야죠. 할 얘기가 많아요,
제가. 유명하신 피터 쇼 씨.

헨리에타   마지는 뛰어난 음악가예요. 참, 당신이 애니랑
같이 노래해주면 되겠네요.

마거릿   와, 좋아요!

피터   맙소사.

헨리에타   마지는 오페레타도 작곡해요.

피터   안 돼요.

헨리에타   노래할 줄 아시잖아요.

마거릿   좋아요. (피터, 노래를 부른다) 좋네요! 참, 저
녁 준비 다 됐어요. 잠깐만 기다려주세요.

헨리에타	윌이랑 애니한테도 당장 설명해줘요.
마거릿	뭘요?
피터	헨리에타가 방금 우주의 크기를 잰 최초의 인물이 됐답니다. (미소를 지으며 퇴장한다. 사이)
헨리에타	피터에 대해서 알고 있었지?
마거릿	그럼.
헨리에타	처음부터 전부 다.
마거릿	맞아. 편지가 그렇게 오가는데 모를 수가. (사이)
헨리에타	나이 들수록 친구 같단 말이야. (마거릿이 미소를 짓는다. 헨리에타가 동생의 손을 잡는다. 사이. 애니가 벌컥 들어 오고, 피터와 윌도 따라 들어온다. 헤르츠스프룽이 보낸 편지를 읽은 참이다)
애니	**지금 내가 무슨 말을 들은 거야?**
피터	저도 믿기지 않았어요.
윌러미나	그쪽은 당연히 안 믿겼겠죠.
피터	**너무 그러진 말아주실래요?**

애니	헨리에타가 맞았어요!
윌러미나	당신이 맞았어! 이거 봐.
애니	세상에나, 이거 보라고요!
윌러미나	내 말이요! 이거 봐요! 전 세계가 이걸 봐야 해요!
애니	헨리에타.
헨리에타	네.
애니	이건…이건 정말…
윌러미나	이건 전부예요.
애니	맞아요. 전부예요. (이 발견이 얼마나 큰 의미인지, 잠깐 실감하는 시간을 갖는데…애니가 월의 귀에 뭔가를 속삭인다)
마거릿	우주를 측정한 자의 탄생을 어떻게 기념하면 좋죠?
피터	감이 안 오는데요?
마거릿	집에 쿠키가 있긴 하거든요?
윌러미나	(애니에게) 그거 좋은데요. (헨리에게) 자, 이리 와요. 축하하러 가야죠. (피터에게 뭔가를 속삭인다)

149

헨리에타	이미 축하하고 있잖아요.
애니	이걸론 부족하죠. 당신은 자격이 있잖아요.
헨리에타	다들 고마워요. 그치만—
피터	(윌에게) 완벽한데요! 그렇게 합시다. 지금 당장 그렇게 해요.
헨리에타	지금 뭘 당장 한다는 거죠?
마거릿	지금 뭐 할 건데요?
애니	(마거릿에게) 마거릿도 와요.
마거릿	나도 오라고요? 잠깐.
헨리에타	아뇨, 난 아무 데도 못 가요.
마거릿	언니는 어디 못 가요.
피터	가야 해요.
애니	당신은 자격이 있다니까요, 헨리에타.
헨리에타	자격이 있든 없든 난 못 가요. (애니가 마거릿에게 따로 귓속말로 계획을 들려주고…)
윌러미나	그렇게 멀지도 않아요.
피터	한두 블록만 가면 돼요.
윌러미나	자, 학교로!
헨리에타	난 **못** 가요. 못 가. 그냥 다 같이 근사한 저녁

식사를— (마거릿이 계획을 이해하고 행동에
돌입한다)

마거릿   햄은 그냥 두고, 차에 탑시다.

헨리에타   이 정도 거리를 차로?

윌러미나   이제야 말이 통하네!

헨리에타   **자, 그럼 갑시다!**

5장

짠. 저 멀리서 〈아름다운 하늘과〉가 들린다.

헨리에타　(관객에게) 언덕 위…집에서 겨우 몇 블록 떨어진 곳…나의 옛 책상에서 보이던 뜰을 가로질러…우리는 그날 밤 기쁜 마음으로 출입 제한 구역에 잠입합니다. 나는 마지의 손을 잡고. 몸을 가까이 기댑니다. 숨을 참습니다. 그리고 봅니다. (숨을 들이쉰다) 나의 천국. (짠, 사방이 별빛으로 가득하다. 그 어느 때보다 더, 피터, 윌러미나, 애니, 마거릿이 서서히 희미해지는 동안 헨리에타는 보청기를 빼서 툭 놓는다) 잠시 마음을 가다듬고, 조심스레 나섭니다. 하늘을 올려다봅니다. 완전한 고요 속에서. 이제 나는 압니다—거리는 단지 공간과 시간일 뿐이며, 어떤 이들에게는…빛이라는 걸. 내겐 시간이 없습니다. 그러나 빛은 한 번도 나를 저버린 적이 없습니다. 그래서 나는, 형태를 바꿉니다. 이듬해…애니는 투표권을 얻습니다. 그다음 해, 허블이 내 연구를 이용

해서 우리가 살고 있는 이 특별한 은하가 실은 수백…수천억 개의 은하 중 하나라는 사실을 증명합니다. 그리고 스웨덴에서 어떤 남자가 전화를 걸어 혹시 내가…노벨상에 관심이 있는지 물어봅니다. 때는 이미 늦었지만, 칭찬으로 받아들이기로 합니다. 또 몇 년이 흘러 윌이 보스턴, 애니의 품에서 눈을 감습니다. 한 해가 지나고, 또 한 차례의 전쟁이 세계를 휩쓸니다. 그러던 중 애니가 세상을 떠납니다. 그다음엔 피터가. 그다음엔 내 여동생이, 손주 열두 명의 입맞춤과 함께, 라디오에서 흘러나오는 자신의 교향곡 속에서 눈을 감습니다. 그런 다음 우리는 원자를 활용하고, 지구의 궤도를 돌고, 달 위에 섭니다. (놀라운 인류의 진보들) 그 후 허블의 이름을 딴 망원경이 우주를 향해 날개를 펼치고 우리에게 이 모든 것이 얼마나 광활하고 아름다운지 보여줍니다… (허블 망원경으로 찍은 사진들이 사방에 펼쳐진다. 음악이 멈춘다. 고요. 진정한 우주의 소리. 별들이 사방을 뒤덮기 시작한다.
배도, 여자들도, 관객들도. 별이 모든 표면을
수놓는다) 경이로움이 언제나 그곳으로 우리
를 이끌기에…우리 중 어떤 이들은 우리를 넘
어서는 수많은 존재가 있다고 주장합니다. 저
역시 그렇습니다. (맥동하는 별빛 하나가 헨
리에타를 감싸고 그 자신이 된다. 헨리는 이
제 반짝이는 별이다) 이것이, 우리가 이 모든
걸 빛으로 측정하는 이유입니다. (암전. 어둠
속에서 별빛만이 온통 반짝인다)

끝.

사일런트 스카이

1판 1쇄 찍음 2025년 9월 10일
1판 1쇄 펴냄 2025년 9월 22일

지은이 로렌 군더슨
옮긴이 신혜빈
윤색   김민정
그린이 김유
CD   Nyhavn

펴낸이 안지미
펴낸곳 (주)알마
출판등록 2006년 6월 22일 제2013-000266호
주소 04056 서울시 마포구 신촌로4길 5-13, 3층
전화 02.324.3800 판매 02.324.3232 편집
전송 02.324.1144

전자우편 alma@almabook.by-works.com
페이스북 /almabooks
트위터 @alma_books
인스타그램 @alma_books

ISBN 979-11-5992-454-5 04800
ISBN 979-11-5992-244-2 (세트)

이 책의 내용을 이용하려면 반드시 저작권자와 알마출판사의 동의를 받아야 합니다.
이 대본은 국립극단의 공연을 위해 윤색된 것으로, 원작과 다를 수 있습니다.

알마출판사는 다양한 장르간 협업을 통해 실험적이고 아름다운 책을 펴냅니다.
삶과 세계의 통로, 책book으로 구석구석nook을 잇겠습니다.

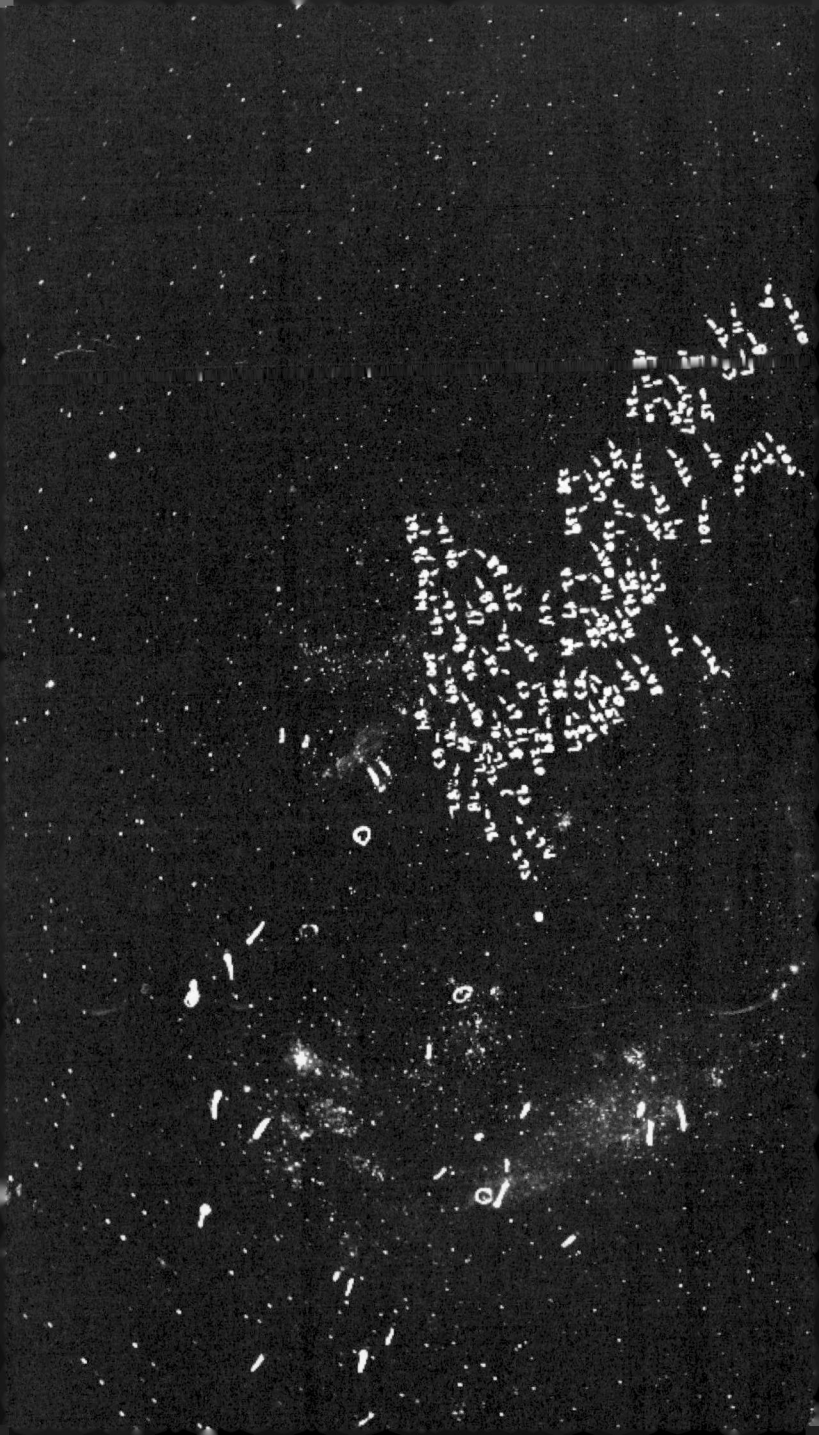

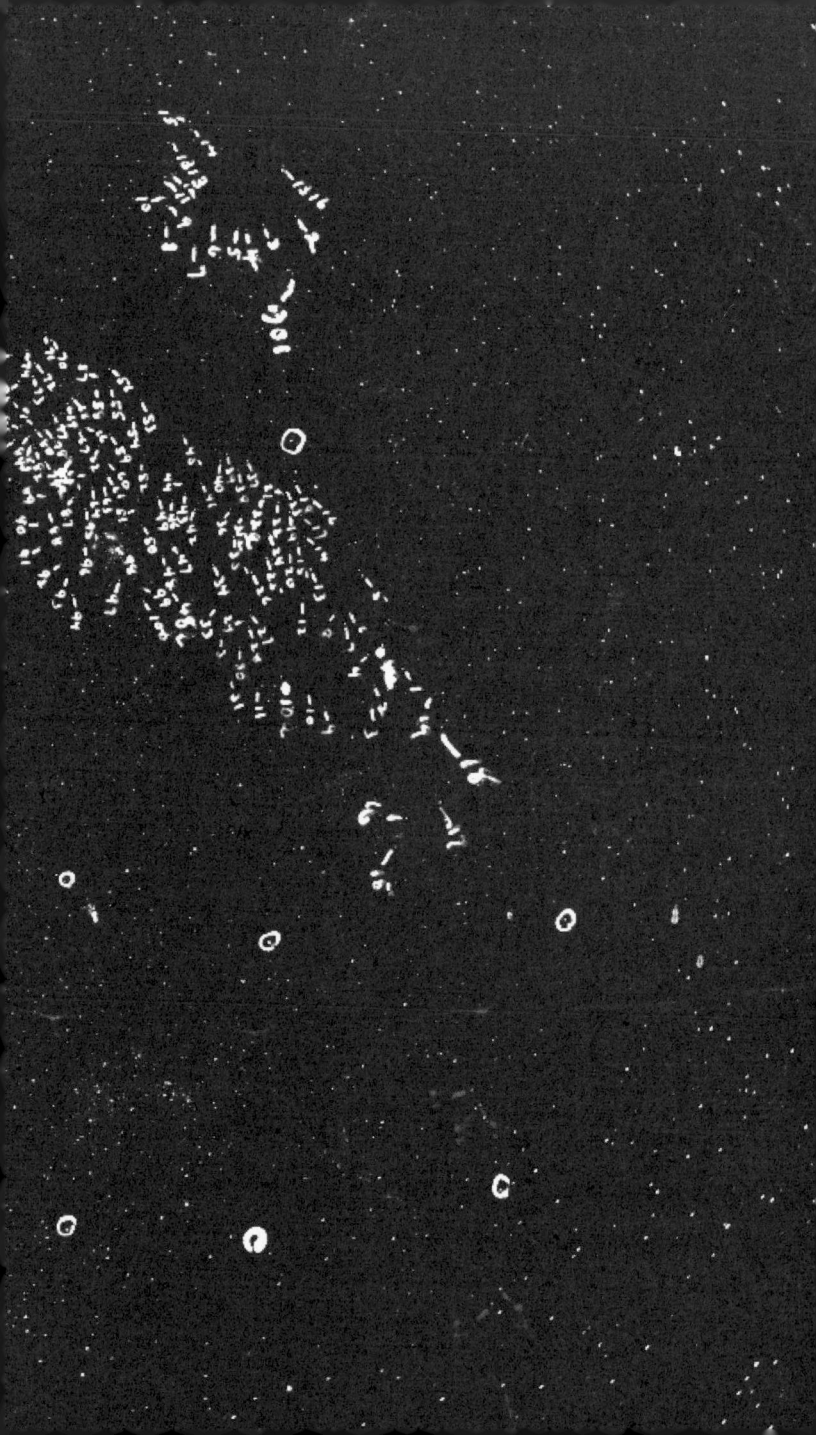